CLÁSSICOS DA
LITERATURA UNIVERSAL

PEQUENOS POEMAS EM PROSA
O SPLEEN DE PARIS

O livro é a porta que se abre para a realização do homem.

Jair Lot Vieira

CHARLES BAUDELAIRE

Pequenos poemas em prosa

O spleen de Paris

Prefácio
Marcelo Jacques de Moraes
Professor titular de Literatura Francesa
na Universidade Federal do Rio de Janeiro

Tradução e notas
Isadora Petry e Eduardo Veras

Via Leitura

Título original: *Petits poèmes en prose, Le spleen de Paris.* Publicado originalmente na França em 1869. Traduzido a partir da 1ª edição.

Grafia conforme o novo Acordo Ortográfico da Língua Portuguesa.

1ª edição, 2018.

Editores: Jair Lot Vieira e Maíra Lot Vieira Micales
Edição de texto: Marta Almeida de Sá
Produção editorial: Carla Bitelli
Assistente editorial: Thiago Santos
Capa: Marília Bruno
Preparação: Marta Almeida de Sá
Revisão: Thiago Santos
Editoração eletrônica: Estúdio Design do Livro

Dados Internacionais de Catalogação na Publicação (CIP)
(Câmara Brasileira do Livro, SP, Brasil)

Baudelaire, Charles, 1821-1867.

Pequenos poemas em prosa: O spleen de Paris / Charles Baudelaire; prefácio de Marcelo Jacques de Moraes; tradução e notas de Isadora Petry e Eduardo Veras. – São Paulo: Via Leitura, 2018.

Título original: *Petits poèmes en prose, Le spleen de Paris.*

ISBN 978-85-67097-62-6

1. Poemas em prosa franceses I. Moraes, Marcelo Jacques de. II. Petry, Isadora. III. Veras, Eduardo. IV. Título.

18-18631 CDD-841

Índice para catálogo sistemático:
1. Poesia : Literatura francesa 841
Iolanda Rodrigues Biode - Bibliotecária - CRB-8/10014

Cópia não autorizada é crime. ABDR Associação Brasileira de Direitos Reprográficos. Respeite o direito autoral. EDITORA AFILIADA

VIA LEITURA

São Paulo: (11) 3107-4788 • Bauru: (14) 3234-4121
www.vialeitura.com.br • edipro@edipro.com.br
@editoraedipro @editoraedipro

Sumário

Prefácio

Os chamados poemas em prosa de Charles Baudelaire foram publicados pela primeira vez em livro em 1869, sob o título *Petits poèmes en prose*, alguns anos depois da morte do autor, que permaneceria por muitos anos sendo conhecido, sobretudo, como o poeta de *As flores do mal*. A tradição da hierarquia entre os gêneros, especialmente forte na França, de certa forma o impôs, como notava ainda, mais de cem anos depois, em 1975, Claude Pichois, em sua nota de apresentação, para as *Obras completas* (edição *Bibliothèque de la Pléiade*), de *Le spleen de Paris* – título adotado pelo poeta (mas não por grande parte de seus editores ao longo do tempo) desde que começara a conceber a publicação em conjunto daqueles pequenos textos. Dizia ali o crítico: "Na história da criação baudelairiana, [os poemas em prosa] se inscrevem como uma 'contraparte' de *As flores do mal*, o que lhes dá um lugar eminente, embora [...] sua importância ainda não seja plenamente reconhecida".

Entre nós, no Brasil, não foi muito diferente. Se muitas das "flores" foram sendo traduzidas e retraduzidas para dezenas de periódicos, antologias ou edições parciais desde os anos 1870, por poetas e escritores de calibres bem diversos (Olavo Bilac, Cruz e Souza, Guilherme de Almeida, Dante Milano ou Ivan Junqueira, por exemplo), os poemas em prosa, até a década de 1980, conheceram pouquíssimas traduções. Aliás, curiosamente, antes do célebre trabalho que Aurélio Buarque de Holanda começou a empreender no final dos anos 40, a única tradução, salvo engano, desses poemas no Brasil sequer podia ser claramente identificada. Tratava-se de sua primeira edição integral, publicada em 1937 no Rio de Janeiro pela Editora Athena, intitulada *Pequenos poemas em prosa* e assinada por um prolífico mas misterioso tradutor, Paulo M. Oliveira – pseudônimo do jornalista trotskista Aristides Lobo, que fez inúmeras e importantes traduções (de Rabelais, Pascal, Musset, Dante, Erasmo, entre outros) enquanto se encontrava na prisão durante o Estado Novo. Alguns dos poemas dessa edição viriam ainda a aparecer no suplemento da *Gazeta de Notícias*, do Rio de Janeiro, entre dezembro de 1944 e abril de 1945 – dessa vez, sem qualquer assinatura. Além disso, porém, não encontrei qualquer outro traço desses poemas em português. Parece, portanto, que seu primeiro tradutor realmente conhecido foi Aurélio, mas é preciso sobretudo dizer, isso é certo, que foram suas traduções veiculadas na imprensa ao menos desde o ano de 1947 que, antes da edição completa, primeiro publicada em 1950 pela Editora José Olympio e reeditada pela Nova Fronteira a partir de 1976, efetivamente começaram a fazer circular no Brasil os poemas em prosa de Baudelaire. E, até onde pude verificar, estes só voltariam a ser traduzidos no país em 1988, por Dorothée de Bruchard – gerando, desde então, uma sequência de retraduções. É ainda curioso notar, de passagem, que nenhuma das traduções integrais feitas até hoje – há ao menos mais quatro delas publicadas a partir da década de 1990 –, a despeito de sua maior ou menor qualidade, foi realizada por tradutores reconhecidos como poetas, como foi frequentemente o caso de *As flores do mal*, sobretudo em suas primeiras traduções.

Não é, contudo, aqui, o caso de tentar desenvolver explicações sobre as razões desse estado de coisas. Fica, porém, como pista, o ponto de que eu certamente partiria se pretendesse derivar em tal direção: talvez seja por estarem ligados, segundo as palavras do escritor e crítico Jean-Marie Gleize, a "um progressivo desaparecimento da instância autoral, da grande figura histórica do Exilado ou do Maldito (o albatroz), em proveito das próprias coisas (...) e de suas combinações", que aqueles "fragmentos" baudelairianos "sem ritmo e sem rima", como afirma o próprio Baudelaire em seu prefácio, jamais apareceram aos olhos dos poetas brasileiros como um desafio à sua altura. Por outro lado, talvez seja também por isso que, por uma espécie de estratégia de compensação, muitos dos tradutores do poeta – e aqui me refiro tanto ao *Spleen* quanto às *Flores* – tenderam a manter-se uma nota acima do original, solenizando aqui e ali o tom da tradução e devolvendo assim, através dela, a "auréola" ao poeta que, como ele próprio escreveu provocativamente no delicioso poema "Perda de auréola", não queria outra coisa senão "caminhar incógnito, praticar ações baixas e [se] entregar à crápula, como os simples mortais". Alguns desses tradutores, autodeclarados poetas ou não, pareceram mesmo ávidos por "colocá-la na cabeça sem nenhum pudor", como disse o poeta dos "bebedores de quintessências" e "comedores de ambrosia", seus contemporâneos. A título de curiosidade, cito aqui a resenha feita por Tasso da Silveira para o *Diário de Notícias* em 26 de setembro de 1937, por ocasião do lançamento da tradução da Athena. Diz o crítico, com acuidade: "Baudelaire perde, neles [nos *Pequenos poemas em prosa*], a permanente postura de celebrante, que mantém no outro livro [em *As flores do mal*]".

E se também não é o caso de dissertar sobre a história da recepção de Baudelaire no Brasil ou de fazer uma comparação entre os diversos tradutores de sua obra, parece-me, de toda maneira, que não se pode apresentar uma nova tradução de *Le spleen de Paris* sem especular rapidamente sobre os papéis do tal Paulo M. Oliveira e de Aurélio em toda essa já longa história.

Professor, escritor e filólogo, em 1945, Aurélio já havia organizado com Paulo Rónai o primeiro dos dez volumes que constituiriam a coleção *Mar de histórias: Antologia do conto mundial* e começava a consolidar-se definitivamente como homem de letras e, mais especialmente, como tradutor. Ele traduzia diretamente de várias línguas e passou a assinar, a partir de 1947 (até 1960), a seção O Conto da Semana, do suplemento literário do *Diário de Notícias*, do Rio de Janeiro. E foi aí – mas também em outros jornais cariocas, como o *Jornal de Notícias*, o *Correio da Manhã* e *A Manhã* – que, entre 1947 e 1950, publicou grande parte de suas traduções de Baudelaire então em curso. Se os poemas em português não eram inéditos, essas traduções devidamente assinadas imporiam cada vez mais sua autoridade não só por suas indiscutíveis qualidades mas também pelo prestígio intelectual de seu autor, que se consolidaria em âmbito nacional ao longo das décadas seguintes. Parece-me, porém, que Aurélio, culto e bem informado, protagonista no mundo da edição e da tradução literária, não poderia ignorar aquela primeira tradução, a de Oliveira, que, mais realista que o rei, tendia surpreendentemente a soluções bastante coloquiais, privilegiando estruturas e expressões imediatamente familiares ao leitor brasileiro – e isso muitas vezes em prejuízo do encadeamento rítmico do original ou da precisão semântica. Minha hipótese é de que se, por um lado, Aurélio trabalhou um pouco mais próximo ao texto francês, ele ao mesmo tempo tendeu, contrapondo-se a Oliveira, a fazer um texto mais "elegante", que se valia de uma língua mais normativa, mais "castiça", como disse Ivo Barroso num comentário a respeito, e contribuiu de certa maneira para aquela elevação do texto baudelairiano, aquele rebuscamento a que alguns tradutores tentariam sistematicamente reagir – e que outros, despudoradamente, tentariam superar – algumas décadas mais tarde.

No intuito de restituir o "movimento" da prosa baudelairiana, suas "ondulações" e "sobressaltos", esta nova tradução de *Petits poemes en prose*, assinada por Eduardo Veras e Isadora Petry, tem a virtude de oscilar entre essas duas inclinações constituídas pelas traduções primeiras. Ao buscar, para tanto, se descolar de uma certa regularidade que a sintaxe do francês escrito, mais rígida que a do português brasileiro, tende a impor, mas sem cair nas armadilhas de uma prosa que se queira "modernizada", ou naturalizada, na fronteira da língua falada – com a qual muitas vezes se confunde o que se pode chamar de prosaização –, os tradutores dão a ver em língua o embate que os poemas intermitentemente expõem entre o poeta que "sabe descer na vida" (como disse certa vez o próprio Baudelaire referindo-se a outro poeta seu contemporâneo) e o "lírico de auréola" que se tornara "antiquado" para ele (nas palavras de Walter Benjamin), e de que ele quis ardentemente se distinguir. Entre o "galante atirador", que a "dignidade entedia", e o "estrangeiro" que continua a "amar as nuvens", ávido por "afogar [o] olhar na imensidão do céu e do mar".

Desta tradução cuidadosa e esmerada talvez se venha também a poder dizer futuramente a mesma coisa que, num destes poemas, disse o amante da cortesã envelhecida, comparando-a a um "cavalo de raça" (e que vale igualmente, bem entendido, para o original): "O Tempo e o Amor morderam-na em vão a plenos dentes; não diminuíram em nada o encanto vago, mas eterno, de seu peito de menino.".

Marcelo Jacques de Moraes

A Arsène Houssaye[1]

Meu caro amigo, envio-lhe uma pequena obra sobre a qual não se poderia dizer, sem injustiça, que não tem rabo nem cabeça, pois, ao contrário, nela tudo é cabeça e rabo ao mesmo tempo, de forma alternativa e recíproca. Peço que considere as admiráveis comodidades que essa combinação oferece a todos nós, a você, a mim e ao leitor. Podemos cortar onde quisermos, eu o meu devaneio, você o manuscrito, o leitor sua leitura; pois não pretendo suspender a vontade teimosa deste último no fio interminável de uma intriga supérflua. Tire uma vértebra, e os dois pedaços desta tortuosa fantasia irão se juntar novamente sem esforço. Corte-a em muitos fragmentos, e você verá que cada um pode existir à parte. Na esperança de que alguns desses pedaços estejam suficientemente vivos para lhe agradar e diverti-lo, ouso dedicar-lhe a serpente inteira.

Tenho uma pequena confissão a lhe fazer. Foi folheando, pela vigésima vez ao menos, o famoso *Gaspard de la Nuit*[2] de Aloysius Bertrand (um livro conhecido por você, por mim e por alguns de nossos amigos, não tem todo o direito de ser chamado de *famoso?*) que me veio a ideia de tentar algo de análogo, e de aplicar à descrição da vida moderna, ou sobretudo de *uma* vida moderna e mais

---

1. A dedicatória ao editor Arsène Houssaye encabeçava a publicação dos vinte "pequenos poemas em prosa" no jornal *La Presse*, divididos em três séries, nas edições de 26 e 27 de agosto e 24 de setembro de 1862. Alguns editores entendem que o texto não deve, portanto, ser concebido como prefácio ao livro. É o caso, por exemplo, da edição mais recente, sob os cuidados de Andrea Schellino e Aurélia Cervoni (Flammarion, 2017), que apresenta o texto apenas como apêndice. Também é o caso de uma das principais edições em língua inglesa, *The Parisian Prowler*, traduzida e prefaciada por Edward Kaplan (The University of Georgia Press, 1989), que, também em apêndice, apresenta o texto como "Preface to *La Presse*, 1862". (N. T.)

2. Essa coletânea de poemas em prosa foi publicada em 1842, um ano após a morte de Aloysius Bertrand, preparada por Victor Pavie e prefaciada por Sainte-Beuve. Ela teve menos influência sobre o autor do *Spleen de Paris* que se poderia imaginar pela menção feita a ela aqui. (Nota do editor francês)

abstrata, o procedimento que ele aplicara à pintura da vida antiga, tão estranhamente pitoresco.

Qual de nós, em seus dias de ambição, não vislumbrou o milagre de uma prosa poética, musical sem ritmo e sem rima, suficientemente flexível e contrastante para se adaptar aos movimentos líricos da alma, às ondulações do devaneio, aos sobressaltos da consciência?

É sobretudo da frequentação das grandes cidades, do cruzamento de suas inumeráveis relações que nasce esse ideal obsedante. Você mesmo, meu caro amigo, não tentou traduzir numa *canção* o grito estridente do *Vidraceiro*[3] e exprimir em uma prosa lírica todas as sugestões desoladoras que esse grito lança até as mansardas, através das brumas mais elevadas das ruas?

Mas, para dizer a verdade, receio que minha emulação não tenha trazido sorte. Tão logo comecei o trabalho, percebi que, não somente eu permanecia longe de meu misterioso e brilhante modelo, mas que além disso estava a fazer algo (se é que se pode chamar de *algo*) singularmente diferente, acidente do qual qualquer outro além de mim se orgulharia, mas que só pode humilhar profundamente um espírito que vê como a maior honra do poeta realizar *exatamente* o que ele projetou fazer.

Seu afeiçoado,
C. B.

---

3. Arsène Houssaye, então diretor da seção literária do jornal *La Presse*, onde foram publicados os vinte primeiros poemas em prosa, havia composto, ele próprio, diversos poemas em prosa, notadamente *La Chanson du vitrier* [*A canção do vidraceiro*]. A comparação dessa peça com o *Mau vidraceiro*, de Baudelaire, é avassaladora para Houssaye. Não é impossível que, mesmo se colocando sob a tutela deste, o poeta tenha tido alguma intenção irônica, perceptível no emprego do verbo "tentar" e no sentido ambíguo do adjetivo *desoladoras* [Nota do editor francês]. Para um estudo detalhado do diálogo entre os dois poemas, cf. o artigo de Viviana Bosi, "Baudelaire mau vidraceiro", publicado na revista *Alea*, da UFRJ (Rio de Janeiro), v. 9, n. 1, jan.-jul. 2007. (N. T.)

I
O estrangeiro[4]

– A quem mais amas, homem enigmático? Teu pai, tua mãe, tua irmã ou teu irmão?

– Eu não tenho nem pai, nem mãe, nem irmã, nem irmão.

– Teus amigos?

– O senhor se serve de uma palavra cujo sentido me é até hoje desconhecido.

– Tua pátria?

– Ignoro sob qual latitude ela está situada.

– A beleza?

– Eu a amaria de bom grado, deusa e imortal.

– O ouro?

– Eu o odeio assim como odeias Deus.

– Ah! O que amas então, extraordinário estrangeiro?

– Eu amo as nuvens... as nuvens que passam... lá longe... lá longe... as maravilhosas nuvens!

4. Parece que esse poema foi escrito na margem ou como um prolongamento da página do *Salão de 1859* sobre Boudin. Tal sentimento de ser estrangeiro em relação ao mundo, de solidão, aparece também em outros textos de Baudelaire, como *Meu coração desnudado*. (Nota do editor francês)

II
O desespero da velha

A velhinha encarquilhada se sentiu toda contente ao ver aquela linda criança a quem todos faziam festa, a quem todo mundo queria agradar; aquele lindo ser, tão frágil quanto ela, a velhinha, e como ela também, sem dentes e sem cabelos.

E ela se aproximou da criança, querendo fazer-lhe gracinhas e caretas agradáveis.

Mas a criança assustada se debatia sob as carícias da boa mulher decrépita e enchia a casa com seus berros.

Então a boa velhinha se retirou na sua solidão eterna, e chorava em um canto, dizendo a si mesma: "Ah! Para nós, infelizes velhas fêmeas, passou a idade de agradar, mesmo aos inocentes; e nós aterrorizamos as pequenas crianças que queremos amar!".

III
O *confiteor* do artista

Como são penetrantes as tardes de outono! Ah! Penetrantes até doer! Pois existem certas sensações deliciosas cuja melancolia não exclui a intensidade; e não há ponta mais afiada que a do Infinito.

Grande deleite em afogar seu olhar na imensidão do céu e do mar! Solidão, silêncio, incomparável castidade do azul! Um veleiro ouriçado no horizonte, e que por sua pequenez e seu isolamento imita minha irremediável existência, monótona melodia da ondulação; todas essas coisas pensam por mim, ou eu penso por elas (pois na imensidão do devaneio, o *eu* rapidamente se perde!). Elas pensam, ou melhor, musicalmente e pitorescamente, sem argúcias, sem silogismos, sem deduções.

Todavia, esses pensamentos, quer saiam de mim ou se lancem das coisas, se tornam rapidamente muito intensos. A energia na volúpia cria um mal-estar e um sofrimento positivo. Meus nervos demasiado contraídos fornecem apenas vibrações estridentes e dolorosas.

E agora a profundeza do céu me consterna; sua limpidez me exaspera. A insensibilidade do mar, a imutabilidade do espetáculo, me revoltam... Ah! Deve-se eternamente sofrer, ou do belo eternamente fugir? Natureza, feiticeira impiedosa, rival sempre vitoriosa, deixa-me! Cessa de atiçar meus desejos e meu orgulho! O estudo do belo é um duelo no qual o artista grita de pavor antes de ser vencido.

IV
Um engraçadinho

Era explosão do ano-novo: caos de lama e de neve, atravessado por mil carroças, faiscando de doces e brinquedos, fervilhando de ganâncias e de desesperos, delírio oficial de uma grande cidade feito para transtornar o cérebro do mais forte solitário.

No meio desse *tohu-bohu*[5] e dessa barulheira, um asno trotava vivamente, açoitado por um brutamonte armado de um chicote.

Enquanto o asno virava a esquina, um belo senhor de luvas, envernizado, cruelmente engravatado e aprisionado na sua lustrosa vestimenta, se inclinou cerimoniosamente diante da humilde besta e disse, tirando o chapéu: "Desejo-lhe um bom e feliz ano!" – em seguida se voltou a quaisquer camaradas com um ar de presunção, como que lhes pedindo aprovação pelo seu contentamento.

O asno não viu esse belo engraçadinho e continuou a correr com zelo aonde o seu dever lhe chamava.

No que me diz respeito, fui tomado subitamente por uma incomensurável raiva contra esse magnífico imbecil, que me pareceu concentrar em si todo o espírito da França.

---

5. Versão afrancesada da expressão bíblica hebraica *tôhu wâbohû*, que corresponde ao "caos", termo de origem grega que também aparece no poema. Baudelaire emprega a expressão *tohu-bohu* acompanhada de outros termos bíblicos, também neste trecho do ensaio sobre Théodore de Banville, de 1861: "Paris não era, naquela época, o que é hoje, um *tohu-bohu*, um cafarnaum, uma Babel povoada de imbecis e inúteis, pouco delicados em sua maneira de matar o tempo, e absolutamente rebeldes aos prazeres literários." (Baudelaire, Charles. Œuvres Complètes, texte établi, présenté et annoté par Claude Pichois, Paris, Gallimard, coll. Bibliothèque de la Pléiade, t. II, 1976, p. 162. Tradução nossa). Mesmo se tratando de uma expressão já incorporada pelo léxico da língua francesa no tempo de Baudelaire como sinônimo de desordem, confusão, balbúrdia, optamos por manter o significante "*tohu-bohu*" a fim de não enfraquecer a conotação teológica presente na descrição da cena. "Satânica e apocalíptica", a cidade moderna baudelairiana "desfaz a criação, a ordem divina, para fazer renascer a confusão, o caos primitivo, o *tohu-bohu*, conforme a interpretação de Antoine Compagnon (*Baudelaire: l'Irréductible*. Paris: Flammarion, 2014. p. 174. Tradução nossa). (N. T.)

V
O quarto duplo

Um quarto que parece um devaneio, um quarto verdadeiramente *espiritual,* onde a atmosfera estagnada é levemente tingida de rosa e azul.

Onde a alma toma um banho de preguiça, aromatizado pelo remorso e pelo desejo. – É algo de crepuscular, de azulado e de rosado; um sonho de volúpia durante um eclipse.

Os móveis têm formas alongadas, prostradas, lânguidas. Os móveis parecem sonhar; dir-se-ia que são dotados de uma vida sonambúlica, como o vegetal e o mineral. Os estofos falam uma língua muda, como as flores, como os céus, como os poentes.

Nas paredes, nenhuma abominação artística. Em relação ao sonho puro, à impressão não analisada, a arte definida, a arte positiva é uma blasfêmia. Aqui, tudo tem a claridade suficiente e a deliciosa obscuridade da harmonia.

Um perfume infinitesimal, do gosto mais refinado, ao qual se mistura uma levíssima umidade, nada nessa atmosfera, onde o espírito sonolento é embalado por sensações de estufa quente.

A musselina chove com abundância diante das janelas e diante da cama; ela se derrama em cascatas de neve. Na cama está deitado o Ídolo, a soberana dos meus sonhos. Mas como ela veio parar aqui? Quem a trouxe? Que poder mágico a colocou nesse trono de devaneio e volúpia? O que importa? Ei-la! Eu a reconheço.

Não há dúvida, são esses olhos cuja chama atravessa o crepúsculo; essas sutis e terríveis *pupilas,* que reconheço em sua assustadora malícia! Elas atraem, subjugam, devoram o olhar do imprudente que as contempla. Eu as examinei com frequência, essas estrelas negras que comandam a curiosidade e a admiração.

A que demônio benevolente eu devo o estar assim rodeado de mistério, de silêncio, de paz e de perfumes? Ó beatitude! aquilo a que chamamos geralmente a vida, mesmo em sua expansão mais feliz, não tem nada em comum com essa vida suprema que agora conheço e que saboreio minuto a minuto, segundo a segundo!

Não! Não há mais minutos, não há mais segundos! O tempo desapareceu; é a Eternidade que reina, uma eternidade de delícias!

Porém um golpe terrível, pesado, ressoou na porta, e, como nos sonhos infernais, tive a impressão de levar um golpe de picareta na boca do estômago.

E então um Espectro entrou. É um oficial de justiça que vem me torturar em nome da lei; uma infame concubina que vem chorar miséria e acrescentar as trivialidades da sua vida às dores da minha, ou então o pau-mandado de um diretor de jornal que cobra a continuação do manuscrito.

O quarto paradisíaco, o ídolo, a soberana dos sonhos, a *Sílfide*, como dizia o grande René, toda aquela magia desapareceu com o golpe brutal desferido pelo Espectro.

Horror! Eu me lembro! Eu me lembro! Sim! Esse antro, essa morada do eterno tédio, é de fato a minha. Aqui estão os móveis estúpidos, empoeirados, escangalhados; a chaminé sem chama e sem brasa, coberta de escarro; as tristes janelas onde a chuva traçou caminhos na poeira; os manuscritos, rasurados ou incompletos; o almanaque onde o lápis marcou as datas sinistras!

E esse perfume de um outro mundo, que me inebriava com uma sensibilidade refinada, ai de mim! Ele foi substituído por um fétido odor de tabaco misturado a uma espécie de mofo nauseabundo. Aqui se respira agora o ranço da desolação.

Nesse mundo estreito, mas tão cheio de desgosto, apenas um objeto conhecido me sorri: a garrafinha de láudano; uma velha e terrível amiga; como todas as amigas, ai de mim! Fecunda em carícias e em traições.

Oh, sim! O Tempo reapareceu; o Tempo reina soberano novamente; e com o velhaco repugnante retornou todo o seu cortejo demoníaco de recordações, remorsos, espasmos, medos, angústias, pesadelos, cóleras e neuroses.

Eu lhes asseguro que os segundos agora são fortemente e solenemente acentuados, e cada um deles, jorrando do pêndulo, diz: "eu sou a Vida, a insuportável, a implacável Vida!".

Só há um segundo na vida humana com a missão de dar uma boa notícia, a *boa notícia* que causa a todos um inexplicável medo.

Sim! O Tempo reina; ele retomou sua ditadura brutal. E ele me empurra com seu aguilhão, como se eu fosse um boi. "Eia, então, burrico! Sua, então, escravo! Vive, então, condenado!"

VI
A cada um sua quimera

Sob um vasto céu cinzento, em uma vasta planície poeirenta, sem caminhos, sem grama, sem um espinho, sem um mato sequer, encontrei diversos homens que andavam curvados.

Cada um deles carregava sobre as costas uma enorme Quimera, tão pesada quanto um saco de farinha ou de carvão ou a bagagem de um soldado de infantaria romano.

Mas a monstruosa besta não era um peso inerte; ao contrário, ela abraçava e oprimia o homem com seus músculos elásticos e potentes; ela se agarrava com suas duas longas garras ao peito de sua montaria; e sua fabulosa cabeça cobria a fronte do homem como um daqueles capacetes horríveis com os quais os antigos guerreiros esperavam aterrorizar ainda mais os inimigos.

Abordei um daqueles homens e perguntei-lhe aonde iam assim. Ele me respondeu que não sabia de nada, nem ele, nem os outros; mas que, evidentemente, iam a algum lugar, pois eram impulsionados por uma invencível necessidade de andar.

Coisa curiosa a se observar: nenhum daqueles viajantes parecia irritado com a besta feroz dependurada em seu pescoço e agarrada às suas costas; dir-se-ia que a consideravam como uma parte de si mesmos. Nenhum daqueles rostos cansados e austeros mostrava o menor sinal de desespero; sob a cúpula *spleenética* do céu, os pés mergulhados na poeira de um terreno tão desolado quanto aquele céu caminhavam com a fisionomia resignada daqueles que estão condenados a esperar sempre.

E o cortejo passou ao meu lado e penetrou na atmosfera do horizonte, lá onde a face arredondada do planeta escapa à curiosidade do olhar humano.

E, durante alguns instantes, obstinei-me a querer compreender aquele mistério; mas logo a irresistível Indiferença se abateu sobre mim, e fui mais duramente oprimido por ela que aqueles viajantes por suas esmagadoras Quimeras.

VII
O bobo e a Vênus

Que admirável dia! O vasto parque se pasma diante do olhar abrasante do sol, como a juventude sob a dominação do Amor.

O êxtase universal das coisas não se exprime por nenhum barulho; mesmo as águas parecem estar adormecidas. Bem diferente das festas humanas, é aqui uma orgia silenciosa.

Dir-se-ia que uma luz sempre crescente faz resplandecer cada vez mais os objetos; que as flores excitadas ardem no desejo de rivalizar, com o azul do céu, a energia das suas cores, e que o calor, tornando visíveis os perfumes, os eleva ao astro como fumaça.

Entretanto, nesse gozo universal, eu percebi um ser aflito.

Aos pés de uma Vênus colossal, um desses bobos artificiais, um desses bufões voluntários, encarregados de fazer rir os reis quando o Remorso ou o Tédio lhes obseda, fantasiado com um traje brilhante e ridículo, um chapéu com chifres e sininhos, todo amassado contra o pedestal, levanta seus olhos cheios de lágrimas à imortal Deusa.

E seus olhos dizem: "Eu sou o último e o mais solitário dos humanos, privado do amor e da amizade, e bem inferior nisso ao mais imperfeito dos animais. Entretanto sou feito, eu também, para compreender e sentir a imortal Beleza! Ah! Deusa! Tende piedade de minha tristeza e de meu delírio!".

Mas a implacável Vênus mira ao longe eu não sei o quê com seus olhos de mármore.

VIII
O cão e o frasco

"Meu lindo cão, meu bom cãozinho, meu querido totó, aproxima-te e vem respirar um excelente perfume comprado na melhor perfumaria da cidade."

E o cão, balançando o rabo, o que é, creio eu, nesses pobres seres, o signo correspondente ao riso e ao sorriso, aproxima-se e põe curiosamente o seu nariz úmido no frasco destampado; depois, recuando subitamente com horror, começa a latir contra mim, como forma de reprovação.

"Ah! miserável cão, se eu tivesse te oferecido um pacote de excrementos, tu o terias farejado com deleite e talvez até devorado. Assim, indigno companheiro de minha triste vida, tu te assemelhas ao público, a quem não se deve jamais apresentar perfumes delicados que o exasperem, mas dejetos cuidadosamente escolhidos."

IX
O mau vidraceiro

Existem naturezas puramente contemplativas e totalmente inaptas à ação, mas que, sob uma impulsão misteriosa e desconhecida, agem algumas vezes com uma rapidez da qual elas mesmas se acreditariam incapazes.

Como aquele que, com receio de receber do seu porteiro uma notícia aborrecedora, roda desnorteado uma hora diante da porta sem ousar entrar, ou aquele que guarda uma carta durante quinze dias sem abri-la, ou se resigna somente no final de seis meses a tomar uma atitude necessária há um ano, sentem-se, algumas vezes, precipitados à ação por uma força irresistível, como a flecha de um arco. O moralista e o médico, que pensam saber tudo, não podem explicar de onde vem tão subitamente uma tão louca energia nessas almas preguiçosas e voluptuosas, e como, incapazes de realizar as coisas mais simples e mais necessárias, encontram em um exato minuto uma coragem de luxo para executar os atos mais absurdos e, frequentemente, mesmo os mais perigosos.

Um dos meus amigos, o mais inofensivo sonhador que já existiu, uma vez colocou fogo numa floresta para ver, dizia ele, se o fogo pegava com tanta facilidade quanto geralmente se afirma. Dez vezes consecutivas, a experiência falhou; mas, na décima primeira, ela funcionou muitíssimo bem.

Um outro acenderá um charuto ao lado de um barril de pólvora, *para ver, para saber, para arriscar a sorte,* para se obrigar a demonstrar energia, para bancar o jogador, para conhecer os prazeres da ansiedade, por nada, por capricho, por ócio.

É uma espécie de energia que surge do tédio e do devaneio, e aqueles em quem ela se manifesta tão inesperadamente são, em geral, como o disse, os mais indolentes e os mais sonhadores dos seres.

Outro, tímido a ponto de baixar os olhos mesmo diante do olhar dos homens, a ponto de precisar reunir toda a sua pobre vontade para entrar num café ou passar diante da bilheteria de um teatro onde os fiscais lhe parecem encarregados da majestade de Minos, Éaco ou Radamanto, saltará de súbito no pescoço de um velhaco que passa ao seu lado e o beijará com entusiasmo diante da multidão espantada.

Por quê? Porque... porque essa fisionomia lhe era irresistivelmente simpática? Pode ser; mas é mais legítimo supor que ele mesmo não sabe por quê.

Mais de uma vez fui vítima destas crises e destes impulsos, que nos autorizam a crer que demônios malignos se insinuam em nós e nos fazem realizar, à revelia, as suas mais absurdas vontades.

Certa manhã, eu me levantara aborrecido, triste, cansado do ócio e impelido, me parecia, a fazer algo grandioso, uma ação de vigor, e eu abri a janela – infelizmente!

(Observem, eu lhes peço, que o espírito de mistificação que, em algumas pessoas, não é o resultado de um trabalho ou de uma combinação, mas de uma inspiração fortuita, provém com frequência, nem que seja pelo ardor do desejo, desse humor, histérico segundo os médicos, satânico segundo os que pensam um pouco melhor que os médicos, que nos impulsiona sem resistência em direção a uma multidão de ações perigosas e inconvenientes.)

A primeira pessoa que vi na rua foi um vidraceiro, cujo grito estridente, dissonante, veio até mim através da pesada e suja atmosfera parisiense. Seria, aliás, impossível, para mim, dizer por que eu fui tomado, no que diz respeito a esse pobre homem, de uma raiva tão repentina quanto despótica.

"Ei! Ei!", gritei para que ele subisse. Entretanto eu refletia, não sem alguma alegria, que, sendo o quarto no sexto andar e a escada bastante estreita, o homem teria de fazer algum esforço para subir, e esbarraria em diversas partes os ângulos da sua frágil mercadoria.

Enfim ele apareceu: examinei curiosamente todos os seus vidros e lhe disse: "Como? Não tens vidros coloridos? Vidros rosa, vermelhos, azuis, vidros mágicos, vidros do paraíso? Descarado! Ousa passear nos bairros pobres e não tem sequer vidros que façam ver a vida mais bela!". E o empurrei energicamente em direção à escada, onde ele tropeçou resmungando.

Aproximei-me da varanda e agarrei um vaso de flores, e quando o homem reapareceu na porta, deixei cair perpendicularmente meu engenho de guerra sobre a borda posterior dos seus ganchos; e o choque, lhe derrubando, fez partir sobre suas costas toda a sua pobre fortuna ambulante, produzindo o estrondo de um palácio de cristal estilhaçado por um raio.

E, embriagado de minha loucura, eu lhe gritei furiosamente: "A vida mais bela! A vida mais bela!".

Essas brincadeiras nervosas não estão isentas de perigo, e com frequência pode-se pagar caro por elas. Mas que importância tem a eternidade da condenação para quem encontrou, num segundo, o infinito do gozo?

X
A uma hora da manhã

Enfim! Sozinho! Não se ouve mais que o barulho de alguns fiacres atrasados e exauridos. Durante algumas horas, possuiremos o silêncio, se não o repouso! Enfim! A tirania da face humana desapareceu, e eu sofrerei apenas por mim mesmo.

Enfim! Me é permitido, então, relaxar em um banho de trevas! Primeiro, uma dupla volta na fechadura. Parece-me que essa volta de chave aumentará minha solidão e fortificará as barricadas que me separam atualmente do mundo.

Vida horrível! Cidade horrível! Recapitulemos o dia: ter visto muitos homens de letras, dentre os quais um perguntou se era possível ir à Rússia por via terrestre (ele provavelmente achava que a Rússia é uma ilha); ter discutido generosamente com o diretor de uma revista, que a cada objeção respondia "essa é a posição dos homens de bem", o que implica que todos os outros jornais são redigidos por canalhas; ter cumprimentado umas vinte pessoas, das quais quinze me são desconhecidas; ter distribuído apertos de mão na mesma proporção, e isso sem ter tomado a precaução de comprar luvas; ter subido, para matar o tempo, durante um pé-d'água, à casa de uma dançarina que me implorou para lhe desenhar um vestido de *Venusa*; ter visitado um diretor de teatro que me disse, ao se despedir, "o senhor talvez fizesse bem em procurar Z...; ele é o mais grosseiro, o mais imbecil e o mais célebre dos meus autores, com ele o senhor talvez consiga alguma coisa. Procure-o, e depois nos veremos"; ter me gabado (por quê?) de várias ações vis que nunca cometi, e ter covardemente negado outras crueldades que pratiquei com prazer, delitos de fanfarronada, crimes de respeito humano; ter recusado a um amigo um pequeno favor e dado uma recomendação escrita a um perfeito idiota. Ufa! Será que acabou?

Descontente com todos e descontente comigo mesmo, eu queria me redimir e me vangloriar um pouco no silêncio e na solidão da noite. Almas daqueles a quem amei, almas daqueles que cantei, fortificai-me, amparai-me, afastai de mim a mentira e os ares corruptores do mundo, e vós, Senhor meu Deus! concedei--me a graça de produzir alguns bons versos que provem a mim mesmo que não sou o último dos mortais, que não sou inferior àqueles que desprezo!

XI
A mulher selvagem e a pequena amante

"Francamente, minha cara, você me cansa sem medida e sem piedade; alguém que escutasse seus suspiros diria que você sofre mais que as respigadeiras sexagenárias e que as velhas mendigas que catam migalhas de pão na porta dos cabarés.

"Se ao menos seus suspiros exprimissem remorso, lhe fariam alguma honra; mas eles traduzem apenas a saciedade do bem-estar e a prostração do repouso. E tem mais: você não para de se derramar em palavras inúteis: "Me ame! Preciso tanto disso! Console-me aqui, me acaricie ali!". Veja, eu quero tentar curá-la; talvez encontremos o caminho para isso, por dois tostões, no meio de uma festa, e sem ir muito longe.

"Observemos, eu lhe peço, essa sólida jaula de ferro onde se agita, urrando como um condenado, sacudindo as grades como um orangotango exasperado pelo exílio, imitando, com perfeição, ora os pulos circulares do tigre, ora os bamboleios estúpidos do urso-branco, esse monstro peludo cuja forma imita bem vagamente a sua.

"Esse monstro é um desses animais a que geralmente chamamos 'meu anjo!', quer dizer, uma mulher. O outro monstro, aquele que grita como um louco, com um cassetete na mão, é um marido. Ele acorrentou sua legítima esposa como uma fera e a expõe nos subúrbios, em dias de feira, com a permissão dos magistrados, é bom que se diga.

"Preste bem atenção! Veja com que voracidade (não simulada talvez!) ela estraçalha os coelhos vivos e as avezinhas cacarejantes que lhe atira seu domador. 'Vamos', ele diz, 'não vá comer tudo o que tem num dia', e, com essas sábias palavras, arranca-lhe cruelmente a presa, cujos intestinos expostos permanecem por um instante agarrados aos dentes da fera, quero dizer, da mulher.

"Eita! Uma boa cacetada para acalmá-la! Pois ela lança terríveis olhares de cobiça à comida retirada. Santo Deus! O cassetete não é um cassetete de teatro; ouviu ressoar a carne, apesar do pelo postiço? Por isso, os olhos agora lhe saltam da órbita, ela urra *mais naturalmente*. Em sua raiva, ela faísca toda, como o ferro quando batido.

"Tais são os costumes conjugais desses dois descendentes de Eva e Adão, obras de vossas mãos, oh, meu Deus! Essa mulher é incontestavelmente infeliz, ainda que os gozos palpitantes da glória não lhe sejam desconhecidos. Há desgraças mais irremediáveis, e sem compensação. Mas, no mundo onde foi atirada, nunca pôde acreditar que a mulher merecesse outro destino.

"Agora, voltemos a nós dois, cara preciosa! Ao ver os infernos dos quais o mundo é povoado, o que quer que eu pense do seu lindo inferno, você que só descansa sobre almofadas tão macias quanto sua pele, que só come carne cozida, cortada cuidadosamente em pedaços por um empregado?

"E que podem significar para mim todos esses pequenos suspiros que inflam seu peito perfumado, vigorosa coquete? E todas essas afetações aprendidas nos livros, e essa infatigável melancolia, feita para inspirar no espectador um sentimento bem diferente da piedade? Sinceramente, às vezes me dá vontade de lhe ensinar o que é a verdadeira desgraça.

"Quem a visse assim, minha bela delicada, os pés no lodo e os olhos voltados vaporosamente para o céu, como para pedir-lhe um rei, a tomaria por uma jovem rã que invocasse o ideal. Se você despreza o poltrão (que é o que sou agora, como você sabe bem), cuidado com o grou *que há de quebrá-la, engoli-la e matá-la, a seu bel-prazer!*

"Por mais poeta que eu seja, não sou tão bobo quanto você gostaria de crer, e se você continuar a me cansar tanto com seus *preciosos* choramingos, eu lhe tratarei como *mulher selvagem*, ou a jogarei pela janela, como uma garrafa vazia."

XII
As multidões

Não é dado a todos tomar um banho de multidão: gozar da multidão é uma arte, e somente pode fazê-lo à custa do gênero humano, uma patuscada de vitalidade, aquele cuja fada insuflou em seu berço o gosto pelo disfarce e pela máscara, o ódio pelo domicílio e a paixão pela viagem.

Multidão, solidão: termos equivalentes e conversíveis pelo poeta ativo e fecundo. Quem não sabe povoar sua solidão tampouco sabe estar só em uma multidão atarefada.

O poeta goza desse incomparável privilégio de poder, a seu bel-prazer, ser ele mesmo e outrem. Como essas almas errantes que procuram um corpo, ele entra, quando bem quer, em qualquer personagem. Para ele somente, tudo está livre, e se alguns lugares lhe parecem estar fechados, é porque a seus olhos não valem a pena ser visitados.

O caminhante solitário e pensativo experimenta uma singular embriaguez nessa comunhão universal. Aquele que desposa facilmente a multidão conhece os prazeres febris dos quais serão eternamente privados o egoísta, trancado como um cofre, e o preguiçoso, retraído como um molusco. Ele adota como suas todas as profissões, todas as alegrias e todas as misérias que a circunstância lhe apresenta.

Aquilo que os homens nomeiam amor é demasiado pequeno, demasiado restrito e demasiado fraco comparado a essa inefável orgia, a essa santa prostituição da alma que se entrega toda inteira, poesia e caridade, ao imprevisto que se mostra, ao desconhecido que passa.

É bom ensinar algumas vezes aos felizes deste mundo – nem que seja para humilhar um instante o seu orgulho tolo – que existem felicidades superiores às suas, mais amplas e mais refinadas. Os fundadores de colônias, os pastores de povos, os padres missionários exilados no fim do mundo conhecem, sem dúvida, algo desses misteriosos êxtases; e no seio da vasta família em que seu gênio se fez, devem rir algumas vezes daqueles que lastimam sua fortuna tão irrequieta e sua vida tão casta.

XIII
As viúvas

Vauvenargues diz que nos jardins públicos existem alamedas assombradas principalmente pela ambição frustrada, pelos inventores infelizes, pelas glórias abortadas, pelos corações partidos, por essas almas tumultuosas e fechadas, nas quais ainda rugem os últimos suspiros de uma tempestade, e que se afastam para longe do olhar insolente dos alegres e ociosos. Esses retiros sombrios são o ponto de encontro dos estropiados da vida.

É sobretudo a esses lugares que o poeta e o filósofo gostam de dirigir suas ávidas conjecturas. Ali há um pasto certo. Pois se há um lugar que eles desdenham visitar, como eu insinuava há pouco, é sobretudo a alegria dos ricos. Nessa turbulência no vazio não há nada que os atraia. Ao contrário, eles se sentem irresistivelmente arrastados na direção de tudo o que é fraco, arruinado, entristecido, órfão.

Um olho experiente jamais se engana. Nesses traços rígidos ou abatidos, nesses olhos cavos e ternos, ou brilhantes dos últimos clarões da luta, nessas rugas profundas e numerosas, nesses passos tão lentos ou trôpegos, ele decifra de imediato as inumeráveis lendas do amor desiludido, da devoção não reconhecida, dos esforços não recompensados, da fome e do frio humildemente, silenciosamente suportados.

Já repararam alguma vez nas viúvas em seus bancos solitários, viúvas pobres? Que elas estejam de luto ou não, é fácil reconhecê-las. Aliás, no luto do pobre há sempre alguma coisa que falta, uma ausência de harmonia que o torna mais consternador. Ele é obrigado a economizar em sua dor. O rico exibe a sua com toda a plenitude.

Qual é a viúva mais triste e mais entristecedora, aquela que arrasta pela mão um bambino com quem ela não pode compartilhar seus devaneios, ou aquela que está completamente só? Não sei... Aconteceu-me uma vez de seguir durante longas horas uma velha aflita dessa espécie; rígida, ereta, sob um pequeno xale usado, ela continha em todo o seu ser um orgulho de estoica.

Ela estava evidentemente condenada, por uma absoluta solidão, aos hábitos de um velho solteirão, o aspecto masculino de seu comportamento acrescentava um espinho misterioso à sua austeridade. Não sei em que miserável café e de que forma ela almoçou. Eu a segui até o gabinete de leitura; a espiava por muito tempo enquanto ela procurava nos jornais, com olhos ativos, outrora ardentes de lágrimas, as notícias com um interesse potente e pessoal.

Enfim, à tarde, sob um céu de outono encantador, um desses céus de onde descem em bando os lamentos e as memórias, ela assentou-se à parte em um jardim, para ouvir, longe da multidão, um desses concertos públicos com os quais as bandas militares agraciam o povo parisiense.

Era talvez a pequena orgia daquela velha inocente (ou daquela velha purificada), o consolo bem merecido de um de seus duros dias sem amigos, sem conversas, sem alegria, sem confidente, que Deus deixava se abater sobre ela, há sabe-se lá quantos anos, trezentos e sessenta e cinco vezes por ano.

Mais uma:

Não posso nunca me impedir de lançar um olhar, senão universalmente simpático, ao menos curioso, à multidão de párias que se espremem ao redor do cercado de um concerto público. A orquestra lança através da noite cantos de festa, de triunfo ou de volúpia. Os vestidos se arrastam cintilando; os olhares se cruzam; os ociosos, cansados de não terem feito nada, se balançam, fingindo degustar indolentemente a música. Aqui, nada que não seja rico, feliz; nada que não respire e não inspire a despreocupação e o prazer de se deixar viver; nada, exceto o aspecto dessa turba que se apoia, lá longe, no muro exterior, apanhando de graça, ao sabor do vento, um farrapo de música, e olhando a resplandecente fornalha interior.

É sempre coisa interessante esse reflexo da alegria do rico no fundo do olho do pobre. Porém naquele dia, por intermédio daquele povo vestido de blusas e chitas, avistei um ser cuja nobreza fazia um contraste gritante com toda a trivialidade ao redor.

Era uma mulher grande, majestosa e tão nobre em todo o seu porte que não me lembro de ter visto alguém parecido nas coleções das aristocráticas belezas do passado. Um perfume de altiva virtude emanava de toda a sua pessoa. Seu rosto, triste e magro, estava em perfeita concordância com o grande luto sob o qual ela se revestia. Ela também, como a plebe à qual ela havia se misturado e que ela não via, observava o mundo luminoso com um olho profundo, e escutava movendo levemente a cabeça.

Singular visão! "Certamente", disse comigo mesmo, "essa pobreza, se há pobreza, não deve admitir a economia sórdida, um rosto tão nobre é a prova disso. Por que então ela permanece voluntariamente em um meio em que ela é uma mancha tão gritante?"

Mas, ao passar curiosamente perto dela, acreditei adivinhar a razão. A grande viúva levava pela mão uma criança como ela vestida de preto; por módico que fosse o preço da entrada, esse preço era suficiente talvez para pagar uma das necessidades do pequeno ser, melhor ainda, uma superfluidade, um brinquedo.

E ela terá voltado a pé, meditando e sonhando, só, sempre só; pois a criança é turbulenta, egoísta, sem doçura e sem paciência; e não pode nem mesmo, como o puro animal, como o cão e o gato, servir de confidente às dores solitárias.

XIV
O velho saltimbanco

Por toda parte se exibia, se espalhava, se rejubilava o povo em férias. Era uma dessas solenidades nas quais, durante um longo tempo, reúnem-se os saltimbancos, os ilusionistas, os domadores de feras e os vendedores ambulantes, para compensar os períodos ruins do ano.

Nesses dias parece que o povo se esquece de tudo, a dor e o trabalho; ele se torna parecido com as crianças. Para os pequenos, é um dia de folga, é o horror da escola adiado por vinte e quatro horas. Para os grandes, é um armistício firmado com as potências malignas da vida, uma trégua na contenda e na luta universais.

Mesmo o homem do mundo e o homem que se ocupa com trabalhos espirituais dificilmente escapam à influência desse júbilo popular. Eles absorvem, sem querer, sua parte nessa atmosfera de despreocupação. De minha parte, nunca deixo, como bom parisiense, de passar em revista todas as barracas que se exibem nessas épocas solenes.

Estas faziam, em verdade, uma concorrência formidável entre si: piavam, mugiam, uivavam. Era uma mistura de gritos, detonações de cobre e explosões de foguetes. Os palhaços e os bobos convulsionavam os traços de suas caras bronzeadas, curtidas pelo vento, pela chuva e pelo sol; eles lançavam, com a autoconfiança dos comediantes seguros de seus efeitos, palavras certeiras e gracejos de uma comicidade sólida e pesada como as de Molière. Os Hércules, orgulhosos da enormidade de seus membros, desprovidos de fronte e crânio, como os orangotangos, se envaideciam sob os maiôs lavados na véspera para a ocasião. As dançarinas, belas como fadas ou princesas, pulavam e cabriolavam sob o fogo das lanternas que enchiam suas saias de faíscas.

Tudo era luz, poeira, grito, alegria, tumulto; uns gastavam, outros ganhavam, todos com a mesma alegria. As crianças se dependuravam nas saias de suas mães para ganhar uma guloseima, ou subiam nos ombros de seus pais para ver melhor um ilusionista fascinante como um deus. E por todos os lados circulava, prevalecendo sobre todos os perfumes, um cheiro de fritura que era como o incenso daquela festa.

No fundo, bem no fim do corredor de barracas, como se, envergonhado, ele tivesse se exilado de todos esses esplendores, vi um pobre saltimbanco, corcunda, caduco, decrépito, uma ruína de homem, encostado em uma das estacas de sua cabana; uma cabana mais miserável que a do selvagem mais bestial, cuja penúria ficava mais evidente à luz de dois pedaços de vela que derretiam e fumegavam.

Por todos os lados a alegria, o lucro, o desregramento; por todos os lados a certeza do pão de amanhã; por todos os lados a explosão frenética da vitalidade. Aqui, a miséria absoluta, a miséria fantasiada, pelo cúmulo do horror, em farrapos cômicos, onde a necessidade, muito mais que a arte, havia introduzido o contraste. Ele não ria, o miserável! Não chorava, não dançava, não gesticulava, não gritava; não cantava nenhuma canção, nem alegre nem lamentosa, não suplicava. Estava mudo e imóvel. Havia renunciado, abdicado. Seu destino estava consumado.

Mas que olhar profundo, inesquecível, ele lançava sobre a multidão e as luzes, cuja onda movente parava a poucos passos de sua repulsiva miséria! Senti que a terrível mão da histeria cerrava minha garganta, e pareceu-me que minha vista estava ofuscada por essas lágrimas rebeldes que não querem cair.

O que fazer? De que adianta perguntar ao infortunado que curiosidade, que maravilha ele tinha para mostrar nessas trevas fétidas, atrás de sua cortina em farrapos? Na verdade, não ousei; e, ainda que a razão de minha timidez lhes faça rir, confessarei que temia humilhá-lo. Por fim, eu acabara de resolver que colocaria, ao passar, alguma moeda em uma de suas tábuas, na esperança de que ele adivinhasse minha intenção, quando um grande fluxo de pessoas, causado por algum tumulto, me arrastou para longe dele.

E, ao retornar, obcecado por aquela imagem, procurei analisar minha repentina dor, e então disse a mim mesmo: acabo de ver a imagem do velho homem de letras que sobreviveu à geração da qual ele foi o brilhante animador; do velho poeta sem amigos, sem família, sem crianças, degradado por sua miséria e pela ingratidão do público, e em cuja barraca o mundo ingrato não quer mais entrar!

XV
O bolo

Eu viajava. A paisagem no meio da qual me encontrava era de uma grandeza e nobreza irresistíveis. Nesse momento, sem dúvida, se passou alguma coisa na minha alma; meus pensamentos flutuavam com uma leveza igual à da atmosfera; as paixões vulgares, tais como a raiva e o amor profano, agora apareciam para mim tão distantes quanto as nuvens que desfilavam no fundo dos abismos sob meus pés; minha alma me parecia tão vasta e pura quanto a cúpula do céu em que eu estava envolvido; a lembrança das coisas terrestres não chegava ao meu coração senão enfraquecida e diminuída, como o som dos sinos das bestas imperceptíveis que passam longe, bem longe, sobre as vertentes de alguma outra montanha. Na superfície do pequeno lago imóvel, negro graças à sua imensa profundidade, passava algumas vezes a sombra de uma nuvem, como o reflexo do manto de um gigante ariano voando no céu. E eu me lembro que essa sensação solene e rara, causada por um grande movimento perfeitamente silencioso, me preenchia de uma alegria misturada com medo. Em suma, eu me sentia, graças à entusiasmante beleza que me cercava, em perfeita paz comigo mesmo e com o universo; acredito mesmo que, na minha perfeita beatitude e no meu total esquecimento de todo o mal terrestre, eu chegava a não achar mais tão ridículos os jornais que afirmam que o homem nasce bom; – como matéria incurável renovando suas exigências, pensei em me recuperar do cansaço e aliviar o apetite causado por uma subida tão longa. Tirei do bolso um grande pedaço de pão, uma xícara de couro e um frasco de certo elixir que os farmacêuticos vendiam naquela época aos turistas para misturá-lo, quando necessário, com água da neve.

Eu cortava tranquilamente meu pão quando um barulho bem leve me fez levantar os olhos. Diante de mim havia um pequeno ser esfarrapado, preto, desgrenhado, cujos olhos ocos, ariscos e suplicantes, devoravam o pedaço de pão. E o escutei suspirar, com uma voz baixa e rouca, a palavra: *bolo!* Não pude deixar de rir ao escutar a apelação pela qual ele queria honrar meu pão quase branco, e cortei um belo pedaço, que lhe ofereci. Lentamente ele se aproximou, sem tirar os olhos do seu objeto de cobiça; em seguida, agarrando o pedaço com a mão, recuou vivamente, como se tivesse medo de que a minha oferta não fosse sincera ou de que eu já tivesse me arrependido.

Porém no mesmo instante ele foi derrubado por outro selvagenzinho saído não sei de onde e tão parecido com o primeiro que se poderia tomá-lo por seu irmão gêmeo. Juntos, eles rolaram no solo, disputando a preciosa presa; nenhum deles, decerto, queria sacrificar a metade pelo seu irmão. O primeiro, exasperado, apanhou o segundo pelos cabelos; este lhe agarrou a orelha com os dentes e cuspiu um pedacinho de sangue com um esplêndido palavrão medíocre. O legítimo proprietário do bolo tentou cravar suas pequenas garras nos olhos do usurpador; este, por sua vez, aplicou toda a sua força a fim de estrangular seu adversário com uma só mão, enquanto com a outra tentava colocar no bolso o prêmio do combate. Contudo, reavivado pelo desespero, o vencido se restabeleceu e, com uma cabeçada no estômago, fez rolar no chão o vencedor. De que serve descrever uma luta hedionda que durou na verdade muito mais do que as suas forças infantis pareciam prometer? O bolo viajava de mão em mão e mudava de bolso a cada instante; ai! Infelizmente mudava também de volume; e até que enfim, extenuados, ofegantes, sangrando, eles pararam, impossibilitados de continuar; não havia mais, na verdade, nenhum motivo para lutar; o pedaço de pão havia desaparecido, estava espalhado em migalhas semelhantes aos grãos de areia nos quais se misturava.

Esse espetáculo me havia turvado a paisagem, e a calma alegria na qual se regozijava minha alma antes de ver esses homenzinhos havia desaparecido completamente; permaneci triste durante muito tempo, repetindo a mim mesmo sem cessar: "Então há um país esplêndido em que o pão se chama *bolo*, guloseima tão rara capaz de engendrar uma guerra perfeitamente fratricida!".

XVI
O relógio

Os chineses veem as horas no olho do gato.

Um dia, um missionário, caminhando pelo subúrbio de Nanquim, percebeu que havia esquecido seu relógio e perguntou a um menino que horas eram.

O garoto do Celeste Império primeiro hesitou; depois, reconsiderando, respondeu: "Vou lhe dizer.". Poucos instantes depois, reapareceu, trazendo nos braços um gato bem gordo, e olhando, como se diz, no branco dos olhos dele, afirmou sem hesitar: "ainda não é meio-dia em ponto.". O que era verdade.

De minha parte, se me inclino na direção da bela Felina, a tão bem denominada, que é, ao mesmo tempo, a honra do seu sexo, o orgulho do meu coração e o perfume do meu espírito, seja dia, seja noite, em plena luz ou na sombra opaca, no fundo dos seus olhos adoráveis sempre vejo distintamente a hora, sempre a mesma, uma hora vasta, solene, grande como o espaço, sem divisões de minutos nem de segundos – uma hora imóvel que não aparece nos relógios, e, entretanto, é leve como um suspiro, rápida como uma olhada.

E se algum importuno viesse me incomodar enquanto meu olhar repousasse nesse delicioso quadrante, se algum gênio desonesto e intolerante, algum demônio do contratempo viesse me dizer "O que você está olhando com tanto zelo? O que você procura nos olhos desse ser? Neles vê as horas, mortal pródigo e preguiçoso?", eu responderia sem hesitar: "Sim, vejo as horas; são a Eternidade!".

E não é, madame, que temos aqui um madrigal verdadeiramente meritório e tão enfático quanto a senhora? Na verdade, tive tanto prazer em bordar este pretensioso galanteio que não lhe pedirei nada em troca.

XVII
Um hemisfério numa cabeleira

Deixe-me respirar longamente, longamente, o odor de seus cabelos, e neles mergulhar meu rosto, como um homem sedento na água de uma fonte, e agitá-los com a mão como um lenço perfumado, para sacudir recordações no ar.

Se você soubesse tudo o que vejo! tudo o que respiro! tudo o que escuto em seus cabelos! Minha alma viaja no perfume como a alma dos outros homens na música.

Seus cabelos contêm todo um sonho, cheio de velas e mastros; contêm grandes mares, cujas monções me levam a charmosos climas, onde o espaço é mais azul e mais profundo, onde a atmosfera é perfumada pelos frutos, pelas folhas e pela pele humana.

No oceano de sua cabeleira, entrevejo um porto formigando de cantos melancólicos, de homens vigorosos de todas as nações e de navios de todas as formas destacando suas arquiteturas finas e complicadas contra um céu imenso onde repousa o eterno calor.

Nas carícias de sua cabeleira, encontro os langores das longas horas passadas em um divã no quarto de um belo navio, embalado pelo balanço imperceptível do porto, entre os vasos de flores e as ânforas refrescantes.

No ardente fornilho de sua cabeleira, respiro o odor do tabaco misturado ao ópio e ao açúcar; na noite de sua cabeleira, vejo resplandecer o infinito do azul tropical; nas praias sedosas de sua cabeleira, embriago-me com os odores combinados do alcatrão, do almíscar e do óleo de coco.

Deixe-me morder longamente suas tranças pesadas e negras. Quando mordisco seus cabelos elásticos e rebeldes, é como se comesse recordações.

XVIII
O convite à viagem

Há um país esplêndido, um país de Cocanha, dizem, que eu sonho em visitar com uma velha amiga. País singular, afogado nas brumas do nosso Norte, de modo que poderia se chamar o Oriente do Ocidente, a China da Europa, de tal maneira que o calor e a caprichosa fantasia lhe deram fama, que ela pacientemente e obstinadamente ilustrou-o com suas sábias e delicadas vegetações.

Um verdadeiro país da Cocanha, onde tudo é belo, rico, tranquilo, honesto; onde o luxo encontra prazer em mirar-se na ordem; onde a vida é graça e doçura a se respirar; onde a desordem, a turbulência e o imprevisto estão excluídos, onde a felicidade é casada com o silêncio; onde mesmo a cozinha é poética, farta e excitante ao mesmo tempo; onde tudo a ti se assemelha, meu caro anjo.

Tu conheces essa doença febril, que se apodera de nós nas frias misérias, essa nostalgia do país que não se conhece, essa angústia da curiosidade? Há uma região que parece contigo, onde tudo é belo, rico, tranquilo e honesto, onde a fantasia batizou e decorou uma China ocidental, onde a vida é doce de respirar, onde a felicidade é casada com o silêncio. É lá que se deve ir viver, é lá que se deve ir morrer!

Sim, é lá que se deve ir respirar, sonhar e alongar as horas pelo infinito das sensações. Um músico escreveu o *Convite à valsa*; quem irá compor o *Convite à viagem*, que se possa oferecer à mulher amada, à irmã eleita?

Sim, é nessa atmosfera que seria bom viver – lá longe, onde são as horas mais lentas que contêm mais pensamentos, onde os relógios soam a felicidade com a mais profunda e significativa solenidade.

Nos painéis brilhantes, ou nos couros dourados e de uma riqueza sombria, vivem discretamente pinturas beatas, calmas e profundas, como as almas dos artistas que as criaram. Os poentes, que colorem tão ricamente a sala de jantar ou de visitas, são tamisados por belos tecidos ou por essas altas janelas trabalhadas, que o chumbo divide em inúmeros compartimentos. Os móveis são amplos, curiosos, bizarros, armados de fechaduras e de segredos como almas refinadas. Os espelhos, os metais, os tecidos, a ourivesaria e a faiança compõem para os olhos uma sinfonia muda e misteriosa; e de todas as coisas, de todos os cantos, das fissuras das gavetas e das dobras dos tecidos escapa um perfume singular, um *desejo* de Sumatra, que é como a alma do apartamento.

Um verdadeiro país da Cocanha, eu te digo, onde tudo é rico, limpo e lustroso, como uma bela consciência, como um belo conjunto de cozinha, como uma esplêndida ourivesaria, uma joalheria colorida! Os tesouros do mundo são aí afluentes, como na casa de um homem que trabalhou muito e fez por merecer o mundo inteiro. País singular, superior aos outros, como o é a Arte para a Natureza, reformada pelo sonho, corrigida, embelezada, reformulada.

Que eles procurem, que procurem ainda, que recuem sem cessar os limites da felicidade, esses alquimistas da horticultura! Que proponham preços de sessenta e cem mil florins para quem resolver seus ambiciosos problemas! Quanto a mim, encontrei minha *tulipa negra* e minha *dália azul*!

Flor incomparável, tulipa revelada, alegórica dália, é lá, não é, nesse belo país tão calmo e sonhador, que se deveria ir viver e florescer? Não estarias emoldurada na tua analogia, e não poderias te mirar, para falar como os místicos, na tua própria *correspondência*?

Sonhos! Sempre sonhos! e quanto mais a alma é ambiciosa e delicada, mais os sonhos a distanciam do possível. Cada homem traz em si sua dose natural de ópio, incessantemente secreta e renovada, e, do nascimento até a morte, quantos de nós contam as horas preenchidas pelo verdadeiro júbilo, pela ação bem-sucedida e segura? Jamais viveremos, jamais passaremos nesse quadro que pintou meu espírito, esse quadro que se parece contigo?

Esses tesouros, esses móveis, esse luxo, essa ordem, esses perfumes, essas flores miraculosas, tudo isso és tu. Ainda és tu esses grandes rios e canais tranquilos. Esses enormes navios que eles carregam, repletos de riquezas, e de onde provêm os cantos monótonos da manobra, são esses meus pensamentos que dormem ou que se agitam sobre teu seio. Tu os conduzes docemente em direção ao mar que é o infinito, refletindo as profundezas do céu na limpidez da tua bela alma – e quando, cansados da marola e empanturrados dos produtos do Oriente, eles voltam ao porto natal, ainda são meus pensamentos enriquecidos que retornam do infinito em tua direção.

XIX
O brinquedo do pobre

Eu quero sugerir uma diversão inocente. Há tão poucos divertimentos sem culpa!

Quando você sair de manhã decidido a *flanar* nas grandes estradas, encha seus bolsos de pequenas bugigangas de um centavo – tais como um boneco de marionete de um só fio, os ferreiros que martelam na bigorna, o cavaleiro e seu cavalo cuja cauda é um apito – e, ao longo dos cabarés, ao pé das árvores, as ofereça como homenagem às crianças desconhecidas e pobres que você encontrar. Você verá os olhos delas crescerem desmesuradamente. A princípio, elas não ousarão aceitar; elas duvidarão da própria felicidade. Em seguida, suas mãos agarrarão vivamente o presente, e elas fugirão como fazem os gatos, que, tendo aprendido a desconfiar do homem, vão para longe comer as migalhas dadas.

Numa estrada, atrás do portão de um vasto jardim, no fim do qual aparecia a brancura de um belo castelo diante do sol, havia uma criança bela e fresca, vestida com esses trajes campestres tão cheios de afetação.

O luxo, a despreocupação e o espetáculo habitual da riqueza tornam essas crianças tão bonitas que se acreditaria serem feitas de uma outra massa que as crianças da mediocridade ou da pobreza.

Ao seu lado, jogado na grama, havia um brinquedo esplêndido tão fresco quanto seu dono, envernizado, dourado, vestido com um robe púrpura e coberto de plumas e vidrilhos. Porém a criança não se ocupava do seu brinquedo preferido, e eis aquilo que ela olhava:

Do outro lado do portão, na estrada, entre os cardos e as urtigas, havia outra criança, suja, franzina, fuliginosa, um desses párias-marmotas cuja beleza um olho imparcial descobriria, se, como o olho do especialista que adivinha uma pintura ideal embaixo de um verniz de carroceiro, ele o limpasse da repugnante pátina da miséria.

Através dessas barreiras simbólicas separando dois mundos, a grande estrada e o castelo, a criança pobre mostrava à criança rica seu próprio brinquedo, que esta examinava avidamente como um objeto raro e desconhecido. Ora, esse brinquedo, que o pequeno porcalhão irritava, agitava e sacudia em uma pequena jaula, era um rato vivo! Os pais, provavelmente por economia, haviam tirado o brinquedo da própria vida.

E as duas crianças riam entre si fraternalmente, com dentes de uma *igual* brancura.

XX
Os dons das fadas

Era uma grande assembleia das fadas, para proceder à repartição dos dons a todos os recém-nascidos trazidos à vida nas últimas vinte e quatro horas.

Todas essas antigas e caprichosas irmãs do Destino, todas essas mães bizarras da alegria e da dor, eram muito diferentes: umas tinham o ar sombrio e emburrado; outras, o ar debochado e malicioso; outras, jovens, que sempre tinham sido jovens; outras, velhas, que sempre tinham sido velhas.

Todos os pais que acreditam nas fadas vieram, cada um trazendo nos braços seu recém-nascido.

Os dons, as faculdades, as boas sortes, as circunstâncias invencíveis foram depositados ao lado do tribunal, como os prêmios ao lado do palanque em uma distribuição de prêmios. O que havia aqui de particular é que os dons não eram a recompensa de um esforço, mas, ao contrário, uma graça concedida àquele que ainda não tinha vivido, uma graça que podia determinar o seu destino e ser a fonte tanto de sua desgraça como de sua felicidade.

As pobres fadas estavam muito sobrecarregadas, pois a multidão de requerentes era grande, e o mundo intermediário, situado entre o homem e Deus, está submetido, como nós, à terrível lei do tempo e de sua infinita posteridade, os dias, as horas, os minutos, os segundos.

Na verdade, estavam tão atordoadas quanto ministros em dia de audiência, ou empregados da casa de penhores quando uma festa nacional permite resgates gratuitos. Acho até que elas olhavam de tempos em tempos para o ponteiro do relógio com a mesma impaciência dos juízes humanos que, em audiência desde cedo, não podiam evitar de sonhar com o jantar, com a família e com suas queridas pantufas. Se, na justiça sobrenatural, há um pouco de precipitação e de acaso, não nos espantemos que ocorra o mesmo, por vezes, com a justiça humana. Nós mesmos seríamos, nesse caso, juízes injustos.

De modo que naquele dia foram cometidos alguns disparates que poderíamos considerar bizarros, se a prudência, mais que o capricho, fosse o caráter distintivo, eterno, das fadas.

Assim, o poder de atrair magneticamente a fortuna foi outorgado ao único herdeiro de uma família muito rica, que, não sendo dotado de nenhum senso de caridade, nem de qualquer ambição pelos bens mais visíveis da vida, haveria de ficar, mais tarde, prodigiosamente atrapalhado por seus milhões.

Assim, foram dados o amor do Belo e o gênio poético ao filho de um obscuro pedinte, carreirista, que não podia, de forma alguma, ajudar as faculdades, nem suprir as necessidades de sua deplorável progenitura.

Esqueci-me de lhes dizer que na distribuição, nesses casos solenes, não há apelação, e que nenhum dom pode ser recusado.

Todas as fadas já se levantavam, acreditando estar cumprido o seu dever; pois não restava mais nenhum presente, nenhuma generosidade a ser lançada a essa escória humana, quando um bravo homem, creio que um pequeno comerciante, levantou-se e, puxando por seu vestido de vapores multicolores a fada que estava mais ao seu alcance, exclamou:

"Ei, senhora! Vocês estão se esquecendo de nós! Ainda falta o meu menino. Não gostaria de ter vindo à toa."

A fada poderia ter ficado embaraçada; pois não restava mais *nada*. Contudo, ela se lembrou a tempo de uma lei bem conhecida, embora raramente aplicada, no mundo sobrenatural, habitado por essas deidades impalpáveis, amigas do homem, frequentemente forçadas a se adaptar a suas paixões, tais como as fadas, os gnomos, as salamandras, as sílfides, os silfos, as ninfas, os ondinos – quero dizer, a lei que concede às fadas, em um caso como esse, isto é, de esgotamento dos dons, a faculdade de ainda dar um [dom] suplementar e excepcional, desde que ela, contudo, tenha imaginação suficiente para criá-lo imediatamente.

Então a boa fada respondeu, com o aprumo digno de sua posição: "Dou a seu filho... eu lhe dou... o *dom de agradar*!".

"Mas agradar como? Agradar...? Agradar por quê?", perguntou obstinadamente o pequeno lojista, que era sem dúvida um desses questionadores tão comuns, incapaz de se elevar até a lógica do absurdo.

"Porque sim! Porque sim!", replicou a fada irritada, virando-lhe as costas, e, retornando ao cortejo de suas companheiras, disse a elas: "O que vocês acham desse francesinho vaidoso, que quer entender tudo, e que, tendo obtido para o seu filho o melhor dos dons, ainda ousa interrogar e discutir o indiscutível?".

XXI
As tentações ou Eros, Pluto e a Glória

Dois soberbos satãs e uma diaba, não menos extraordinária, subiram noite passada a escada misteriosa por onde o Inferno assalta a fraqueza do homem que dorme e comunica em segredo com ele. E vieram se postar gloriosamente diante de mim, em pé, como sobre um estrado. Um esplendor sulfuroso emanava daqueles três personagens que destoavam assim do fundo opaco da noite. Tinham um ar tão imponente e sedutor, que lhes tomei primeiro como verdadeiros deuses.

O semblante do primeiro satã era meio andrógino, e havia também, nas linhas de seu corpo, o molejo dos antigos Bacos. Seus belos olhos lânguidos, de uma tonalidade sombria e indistinta, pareciam violetas ainda carregadas das pesadas lágrimas da tempestade, e seus lábios entreabertos, caçoulas quentes, donde se exalava o bom odor de uma perfumaria; e cada vez que ele suspirava, insetos almiscarados se iluminavam, esvoaçando, nos ardores de seu sopro.

Em torno de sua túnica de púrpura encontrava-se enrolada, como um cinto, uma serpente radiante que, com a cabeça erguida, girava langorosamente seus olhos de brasa na direção dele. Nesse cinto vivo, penduravam-se, alternando como frascos cheios de licores sinistros, facas brilhantes e instrumentos de cirurgia. Em sua mão direita, ele segurava um frasco cujo conteúdo era de um vermelho luminoso e que tinha uma etiqueta em que estavam inscritas estas palavras bizarras: "Bebei, este é meu sangue, um perfeito cordial". Na esquerda, um violino que sem dúvida lhe servia para cantar seus prazeres e suas dores, e para espalhar o contágio de sua loucura nas noites de *shabat*.

Em seus tornozelos delicados se arrastavam alguns anéis de uma corrente de ouro rompida, e quando o incômodo que elas provocavam o forçava a baixar os olhos ao chão, ele contemplava vaidosamente as unhas de seus pés, brilhantes e polidas como pedras bem trabalhadas.

Ele me olhou com seus olhos inconsolavelmente tristes, donde escorria uma insidiosa embriaguez, e me disse com uma voz cantante: "Se quiseres, se quiseres, farei de ti o senhor das almas, e serás o mestre da matéria viva, mais que o próprio escultor o pode ser da argila; e conhecerás o prazer, sempre renovável, de sair de ti mesmo para te esqueceres em outra pessoa, e de atrair as outras almas até que se confundam com a tua."

E eu lhe respondi: "Muito agradecido! Não tenho o que fazer com essa pacotilha de seres que, sem dúvida, não valem mais que meu próprio eu. Ainda que eu tenha alguma vergonha em me lembrar, não quero me esquecer de nada; e ainda que não te conhecesse, velho monstro, tua misteriosa cutelaria, teus frascos duvidosos, as correntes que prendem teus pés são símbolos que explicam muito claramente os inconvenientes da tua amizade. Fica com os teus presentes."

O segundo satã não tinha aquele ar ao mesmo tempo trágico e sorridente, nem aqueles modos insinuantes, nem aquela beleza delicada e perfumada. Era um homem vasto, de rosto largo sem olhos, cuja pesada pança caía sobre as coxas, e sua pele era toda dourada e ilustrada, como se fosse por tatuagens, por um punhado de figurinhas móveis representando as inúmeras formas da miséria universal. Havia homenzinhos esquálidos que se dependuravam voluntariamente em um prego; havia pequenos gnomos disformes, magros, cujos olhos suplicantes clamavam melhor pela esmola que suas mãos trêmulas; e depois, velhas mães com fetos abortados agarrados às tetas exauridas. E ainda havia muitas outras assim.

O satã gordo batia com o punho sobre sua imensa barriga, donde se emitia um longo e retumbante tinido de metal que terminava com um vago gemido feito de muitas vozes humanas. E ele ria, mostrando sem pudor seus dentes estragados, uma enorme risada imbecil, como certos homens de todos os países após jantarem muito bem.

E ele me disse: "Posso te dar aquilo que consegue tudo, que vale tudo, que substitui tudo!". E bateu em sua barriga monstruosa, que emitiu um eco sonoro de sua fala grosseira.

Desviei-me com nojo e respondi: "Não preciso, para o meu prazer, da miséria de ninguém; e não quero uma riqueza entristecida, como uma tapeçaria, por todas as desgraças representadas em sua pele."

Quanto à diaba, eu mentiria se não confessasse que, à primeira vista, encontrei nela um charme bizarro. Para definir esse charme, não saberia compará-lo a nada melhor que aquele das mulheres muito bonitas de meia-idade que, entretanto, não envelhecem mais, e cuja beleza guarda a magia penetrante das ruínas. Tinha um ar ao mesmo tempo imperioso e desleixado, e seus olhos, ainda que cerrados, continham uma força fascinante. O que mais me impactou foi o mistério de sua voz, que fazia lembrar os *contralti* mais deliciosos e também um pouco da rouquidão das gargantas incessantemente lavadas por aguardente.

"Queres conhecer o meu poder?", indagou a falsa deusa com sua voz charmosa e paradoxal. "Escute."

E embocou então uma trombeta gigantesca, enfitada, como uma flauta pastoril, com manchetes de todos os jornais do Universo, e através dessa trombeta ela gritou o meu nome, que rolou assim pelo espaço com o barulho de cem mil trovões e repercutiu de volta para mim pelo eco do mais longínquo planeta.

"Diabo!", disse eu, meio subjugado, "a coisa é mesmo preciosa!". Contudo, examinando mais atentamente a sedutora virago, pareceu-me vagamente que eu a reconhecia por tê-la visto brindando com alguns canalhas que conheço; e o som rouco do cobre trouxe aos meus ouvidos não sei que lembrança de uma trombeta prostituída.

Então respondi, com todo o meu desdém: "Vai-te! Não fui feito para desposar a amante de certos caras que não quero nomear."

Certamente, de uma abnegação tão corajosa eu tinha o direito de estar orgulhoso. Mas infelizmente acordei, e toda a minha força me abandonou. "Na realidade", disse comigo mesmo, "era preciso que eu estivesse muito pesadamente entorpecido para mostrar semelhantes escrúpulos. Ah! Se eles pudessem voltar enquanto eu estivesse acordado, eu não me faria tanto de delicado!"

E eu os invoquei em voz alta, suplicando-lhes que me perdoassem, oferecendo-lhes para me desonrar tantas vezes fosse preciso para merecer seus favores; mas sem dúvida eu os havia ofendido fortemente, pois eles nunca mais voltaram.

XXII
O crepúsculo do entardecer

Cai o dia. Uma grande pacificação se instala nos pobres espíritos cansados do labor do dia, e seus pensamentos ganham agora as cores suaves e indistintas do crepúsculo.

Entretanto, do alto da montanha chega à minha varanda, em meio às nuvens transparentes do entardecer, um agudo uivo, composto de uma multidão de gritos dissonantes que o espaço transforma em uma lúgubre harmonia, como a da maré que sobe ou da tempestade que desperta.

Quem são os infortunados que o entardecer não acalma, e que consideram, como as corujas, a vinda da noite como um sinal de *shabat*? Essa sinistra ululação nos chega do escuro hospício cravado na montanha; e ao entardecer, enquanto fumo contemplando o repouso do imenso vale, eriçado de casas nas quais cada janela diz "Aqui jaz a paz agora; é aqui a harmonia da família!", posso, quando o vento sopra lá do alto, embalar meu pensamento admirado ao som dessa imitação das harmonias do inferno.

O crepúsculo excita os loucos. Lembro-me de dois amigos meus que o crepúsculo deixava realmente doentes. Um deles desconhecia, então, todas as relações de amizade e de polidez, e maltratava, como um selvagem, o primeiro que se aproximasse. Eu o vi arremessar na cabeça de um chefe de cozinha um excelente pedaço de frango, no qual ele acreditava ver não sei qual insultante hieróglifo. O anoitecer, precursor das volúpias profundas, estragava-lhe as coisas mais suculentas.

O outro, um ambicioso malogrado, tornava-se, à medida que o dia cedia, mais amargo, mais sombrio, mais malicioso. Indulgente e ainda sociável durante o dia, se tornava implacável ao entardecer; e não somente com os outros, mas também consigo mesmo, exercia com raiva seus hábitos crepusculosos.

O primeiro morreu louco, incapaz de reconhecer sua mulher e seu filho; o segundo carrega consigo a inquietude de um mal-estar perpétuo, e fosse-lhe gratificado com todas as honras que podem conferir as repúblicas e os príncipes, acredito que o crepúsculo ainda acenderia nele o ardente desejo de distinções imaginárias. A noite, que introduzia as trevas em seus espíritos, ilumina o meu; e mesmo que não seja raro ver a mesma causa engendrar dois efeitos contrários, sempre fico como que intrigado e alarmado.

Oh, noite! Oh, refrescantes trevas! És para mim o sinal de uma festa interior, a libertação da angústia! Na solidão das planícies, nos labirintos pedregosos de uma capital, cintilação de estrelas, explosão de lanternas, és o fogo de artifício da deusa Liberdade!

Crepúsculo, como és doce e terno! Clarões cor-de-rosa que ainda se demoram no horizonte como a agonia do dia sob a opressão vitoriosa da noite, fogos dos candelabros que criam manchas de um vermelho opaco nas últimas glórias do ocaso, pesados lençóis que uma mão invisível arrasta das profundezas do Oriente, todos imitam os sentimentos complicados que lutam no coração do homem às horas solenes da vida.

Dir-se-ia, ainda, um desses vestidos estranhos de dançarina, cuja seda transparente e sombria deixa entrever os esplendores amortecidos de uma saia brilhante, como através do escuro presente se transpassa o delicioso passado, e as estrelas vacilantes de ouro e prata, de que é semeada, representam esses fogos da fantasia que só se acendem bem com o luto profundo da noite.

XXIII
A solidão

Um jornalista filantropo me diz que a solidão é prejudicial ao homem; e para apoiar sua tese, cita, como todos os incrédulos, palavras dos padres da Igreja.

Eu sei que o Demônio gosta de frequentar os lugares áridos, e que o Espírito criminoso e lúbrico se inflama maravilhosamente nas solidões. Mas é bem possível que essa solidão só fosse perigosa para a alma ociosa e divagante que a povoa com suas paixões e quimeras.

É certo que um falastrão, cujo supremo prazer consiste em falar do alto de uma cátedra ou de uma tribuna, correria o sério risco de se tornar um louco furioso na ilha de Robinson. Não exijo de meu jornalista as corajosas virtudes de Crusoé, mas peço que ele não acuse os amantes da solidão e do mistério.

Há em nossas raças tagarelas indivíduos que aceitariam com menos repugnância o suplício supremo se lhes fosse permitido fazer do alto do cadafalso uma copiosa arenga sem temer que os tambores de Santerre lhes cortassem intempestivamente a palavra.

Não sinto pena deles, pois imagino que suas efusões oratórias lhes proporcionam volúpias iguais àquelas que outras pessoas tiram do silêncio e do recolhimento; mas eu os desprezo.

Desejo, sobretudo, que meu maldito jornalista me deixe divertir à minha maneira. "Você então nunca sente vontade – me diz ele com um tom nasal muito apostólico – de compartilhar seus prazeres?" Reparem bem no sutil invejoso! Ele sabe que desdenho dos seus, e vem se intrometer nos meus, esse vergonhoso estraga-prazeres!

"Essa grande desgraça de não poder estar sozinho!....", diz em algum lugar La Bruyère, como para envergonhar aqueles que se apressam em se esquecer na multidão, talvez temendo não conseguir suportar a si mesmos.

"Quase todas as nossas desgraças ocorrem por não termos sabido permanecer em nosso quarto", diz outro sábio, Pascal, eu acho, lembrando, assim, no claustro do recolhimento, todos os afobados que procuram a felicidade no movimento e numa prostituição que eu poderia chamar *fraternitária,* se quisesse falar a bela língua do meu século.

XXIV
Os projetos

Ele dizia a si mesmo, passeando em um grande parque solitário: "Como ela seria bela com uma roupa da corte, extravagante e pomposa, descendo através da atmosfera de um belo entardecer, os degraus de mármore de um palácio, diante de compridos gramados e lagos! Pois ela tem naturalmente o ar de uma princesa.".

Ao passar mais tarde por uma rua, ele parou diante de uma loja de gravuras e, ao encontrar num cartum a estampa de uma paisagem tropical, disse a si mesmo: "Não! Não é num palácio que eu gostaria de possuir sua cara vida. Nele, nós não nos sentiríamos *em nossa casa*. Além disso, aquelas paredes repletas de ouro não deixariam lugar para pendurar sua imagem; naquelas solenes galerias, não há canto para a intimidade. Decididamente, é *lá* que eu deveria morar para cultivar o sonho da minha vida.".

E, examinando com os olhos os detalhes da gravura, continuava mentalmente: "À beira-mar, uma bela cabana de madeira, envolvida por todas essas árvores estranhas e reluzentes cujos nomes esqueci... na atmosfera, um odor inebriante, indescritível... na cabana, um poderoso perfume de rosa e almíscar... mais ao longe, atrás do nosso pequeno domínio, pedaços de mastros balançados pelas ondas... ao nosso redor, para além do quarto iluminado de um rosa atenuado pelas persianas, decorado com esteiras frescas e flores capitosas, com raros assentos de um rococó português, de madeira pesada e tenebrosa (onde ela repousaria tão calma, tão bem abanada, fumando um tabaco levemente opiáceo!), para além da varanda, a algazarra dos pássaros embriagados de luz, e a tagarelice das negrinhas... e, à noite, para servir de acompanhamento aos meus pensamentos, o canto queixoso das árvores musicais, melancólicas casuarinas! Sim, na verdade, é exatamente *lá* o cenário que eu procurava. Que faria eu num palácio?".

E adiante, enquanto caminhava por uma grande avenida, percebeu um albergue asseado, onde numa janela enfeitada de cortinas de chita[6] multicoloridas se debruçavam duas cabeças risonhas. E de repente: "É preciso – disse ele a si mesmo – que meu pensamento seja um grande vagabundo para procurar tão longe aquilo que está tão perto de mim. O prazer e a felicidade estão no primeiro albergue que aparecer, no albergue do acaso, tão fecundo em volúpias. Um grande fogo, faianças vistosas, um jantar aceitável, um vinho forte, e uma cama bem larga com lençóis um pouco ásperos, mas frescos; o que poderia ser melhor?".

E, ao entrar sozinho em casa, nessa hora em que os conselhos da sabedoria não são mais sufocados pelos zumbidos da vida exterior, disse a si mesmo: "Tive hoje, em sonho, três domicílios onde encontrei igual prazer. Por que constranger meu corpo a mudar de lugar, já que minha alma viaja tão rápido? E de que serve realizar os projetos, já que o projeto é, em si mesmo, um gozo suficiente?".

6. "*Rideaux d'indienne bariolée*", no original. A cortina indiana à qual Baudelaire se refere diz respeito a um tipo de tecido fabricado na Índia que foi levado para a Europa por volta do século XVII. Tratava-se de um tecido estampado, colorido, muito barato e de simples fabricação. Seu nome original, que provém do sânscrito "*chintz*", dá origem ao nome "chita", no Brasil. Nesse sentido, justifica-se a opção da tradução pelo termo "chita", já utilizado por Aurélio Buarque de Holanda. (N. T.)

XXV
A bela Doroteia

O sol oprime a cidade com sua luz vertical e terrível; a areia está ofuscada e o mar espelha. O mundo estupefato esmorece lentamente e faz a sesta, uma sesta que é uma espécie de morte saborosa em que o dormente, meio desperto, saboreia as volúpias da sua aniquilação.

Entretanto Doroteia, forte e confiante como o sol, caminha na rua deserta, único ser vivo nesta hora sob o imenso azul, fazendo na luz uma mancha brilhante e negra.

Ela caminha, balançando suavemente seu torso tão magrinho sobre as ancas tão largas. Seu vestido de seda colado, de um tom rosa-claro, contrasta vivamente com as trevas da sua pele e molda com exatidão sua forma longa, suas costas côncavas e seus seios pontudos.

Seu guarda-sol vermelho, filtrando a luz, projeta em seu rosto sombrio a maquiagem sangrenta de seus reflexos.

O peso da sua enorme cabeleira quase azul puxa para trás sua cabeça delicada, dando-lhe um ar triunfante e preguiçoso. Pesados pingentes gorjeiam secretamente em suas pequenas orelhas.

De tempos em tempos, a brisa do mar levanta a borda da saia flutuante e mostra seu joelho resplandecente e soberbo; e seu pé, como os pés das deusas de mármore que a Europa tranca nos museus, imprime fielmente sua forma na areia fina. Pois Doroteia é tão prodigiosamente vaidosa que o prazer de ser admirada vence nela o orgulho da alforria e, mesmo que já seja livre, ela caminha descalça.

Assim, ela caminha, harmoniosamente, feliz de viver e sorrindo de um sorriso branco, como se percebesse ao longe no espaço um espelho refletindo seu andar e sua beleza.

Na hora em que mesmo os cães uivam de dor sob o sol que os morde, que poderoso motivo faz caminhar assim a preguiçosa Doroteia, bela e fria como o bronze?

Por que ela deixou sua casinha arrumada com tanta vaidade, de que as flores e esteiras fazem, com tão pouco, uma perfeita alcova; onde ela sente tanto prazer em se pentear, em fumar, em se abanar ou se olhar no espelho com seus grandes leques de plumas, enquanto o mar, que encosta na praia a cem passos dali, fornece às suas vagas fantasias um poderoso e monótono acompanhamento, e a panela de ferro, onde se cozinha um guisado de caranguejo com arroz e açafrão, lhe envia, do fundo do quintal, seus perfumes excitantes?

Talvez ela tenha um encontro com algum jovem oficial que, numa praia distante, ouviu seus camaradas falarem da célebre Doroteia. Certamente ela implorará, a simples criatura, para lhe descrever o baile da ópera, e lhe perguntará se é possível ir descalça, como nas danças de domingo, em que até as velhas Cafrinas ficam bêbadas e furiosas de alegria; e depois, ainda, se as belas damas de Paris são todas mais belas que ela.

Doroteia é admirada e mimada por todos, e seria de todo feliz se não fosse obrigada a juntar cada moeda para recomprar sua irmãzinha, que tem precisamente onze anos, e já está madura e tão bela! Ela o conseguirá sem dúvida, a boa Doroteia; o senhor da criança é tão avarento, avarento demais para compreender uma outra beleza que não seja a dos escudos!

XXVI
Os olhos dos pobres

Ah! Você quer saber por que a odeio hoje. Acho que vai ser mais difícil você entender que eu lhe explicar; pois você é, creio eu, o mais belo exemplar de impermeabilidade feminina que se pode encontrar. Nós havíamos passado juntos um longo dia que me parecera curto. Havíamos prometido um ao outro que todos os nossos pensamentos seriam partilhados, e que nossas almas seriam a partir de então uma só – um sonho que não tem nada de original, ademais, exceto que, sonhado por todos os homens, não foi realizado por nenhum.

À noite, um pouco cansada, você quis se sentar em frente a um novo café, na esquina de um novo bulevar, ainda cheio de entulho e já mostrando gloriosamente seus esplendores inacabados. O café brilhava. O próprio gás estendia sobre o lugar todo o ardor de uma inauguração e iluminava com todas as suas forças as paredes ofuscantes de brancura, as superfícies deslumbrantes dos espelhos, os ouros das molduras e cornijas, os pajens de bochechas arredondadas puxados pelos cães na coleira, as damas sorrindo para o falcão cravado em seu punho, as ninfas e as deusas trazendo frutas, tortas e animais de caça sobre a cabeça, as Hebes e os Ganimedes apresentando, de braço estendido, a pequena ânfora de *bavaroises* ou o obelisco bicolor dos sorvetes mistos; toda a história e toda a mitologia a serviço da gula.

Bem à nossa frente, na calçada, permanecia plantado um homem simplório, de uns quarenta anos, rosto cansado, barba grisalha, levando com uma das mãos um pequeno menino e carregando no outro braço um pequenino ser frágil demais para andar. Ele desempenhava a função de babá e levava os filhos para tomar o ar da noite. Todos envoltos em trapos. Os três semblantes mantinham-se extraordinariamente sérios, e os seis olhos contemplavam fixamente o novo café com a mesma admiração, mas diversamente nuançada pela idade.

Os olhos do pai diziam: "Como é bonito! Como é bonito! Parece que todo o ouro do pobre mundo foi trazido para estas paredes!". Já os olhos do menino pequeno: "como é bonito! como é bonito! mas é uma casa onde só podem entrar as pessoas que não são como nós". Quanto aos olhos do menorzinho, eles estavam fascinados demais para expressar qualquer coisa além de uma alegria estúpida e profunda.

Dizem os cancioneiros que o prazer torna a alma boa e amolece o coração. A canção tinha razão naquela noite, no que se refere a mim. Eu estava não somente enternecido por aquela família de olhos, mas me sentia um pouco envergonhado por nossos copos e garrafas maiores que nossa sede. Movi meu olhar em busca do seu, querida, para ler nele o *meu* pensamento; eu mergulhava em seus olhos verdes tão belos e bizarramente doces, em seus olhos verdes, habitados pelo capricho e inspirados pela Lua, quando você me disse "essas pessoas me são insuportáveis, com seus olhos escancarados como portões! Você não poderia pedir ao dono do café que os retire daqui?".

Quão é difícil se entender, meu anjo querido, e quão o pensamento é incomunicável, mesmo entre pessoas que se amam!

XXVII
Uma morte heroica

Fancioulle era um admirável bufão, e quase um dos amigos do Príncipe. Mas para as pessoas dotadas ao cômico, as coisas sérias têm atrações fatais, e, embora possa parecer bizarro que as ideias de pátria e de liberdade se apoderem despoticamente do cérebro de um histrião, certo dia Fancioulle entrou em uma conspiração tramada por alguns nobres descontentes.

Há em toda parte homens de bem para denunciar ao poder esses indivíduos de humor atrabiliário que querem depor os príncipes e operar, sem consultá-la, a mudança de uma sociedade. Os senhores em questão foram presos junto a Fancioulle e destinados a uma morte certa.

Quero crer que o Príncipe ficou quase zangado de encontrar seu comediante favorito entre os rebeldes. O Príncipe não era nem melhor nem pior que outro qualquer; mas uma sensibilidade excessiva o tornava, em muitos casos, mais cruel e mais déspota que seus iguais. Amante apaixonado das belas-artes, excelente conhecedor do assunto, aliás, ele era verdadeiramente insaciável de volúpias. Suficientemente indiferente em relação aos homens e à moral, verdadeiro artista ele próprio, não conhecia outro inimigo perigoso além do tédio, e os esforços bizarros que fazia para fugir ou para vencer esse tirano do mundo lhe teriam certamente rendido, da parte de um historiador severo, o epíteto de "monstro", se fosse permitido, em seus domínios, escrever fosse o que fosse que não tendesse unicamente ao prazer ou ao espanto, que é uma das formas mais delicadas do prazer. A grande desgraça desse Príncipe foi nunca ter tido um teatro amplo o bastante para o seu gênio. Há jovens Neros que se sufocam em limites muito estreitos, e cujo nome e boa vontade os séculos vindouros irão ignorar. A imprevidente Providência dera a esse aqui faculdades maiores que seus Estados.

De repente, correu o rumor de que o soberano se dispunha a perdoar todos os conjurados; e a origem desse rumor foi o anúncio de um grande espetáculo no qual Fancioulle deveria representar um de seus principais e melhores papéis, e ao qual assistiriam os próprios nobres condenados; sinal evidente, acrescentavam os espíritos superficiais, das tendências generosas do Príncipe ofendido.

Da parte de um homem tão naturalmente e voluntariamente excêntrico, tudo era possível, mesmo a virtude, mesmo a clemência, sobretudo se ele pudesse encontrar aí prazeres inesperados. Mas para aqueles que, como eu, haviam conseguido penetrar mais nas profundezas dessa alma curiosa e doente, era infinitamente mais provável que o Príncipe quisesse julgar o valor dos talentos cênicos de um homem condenado à morte. Ele queria aproveitar a ocasião para realizar uma experiência psicológica de interesse *capital* e verificar até que ponto as faculdades habituais de um artista podiam ser alteradas ou modificadas pela situação extraordinária na qual ele se encontrava; além disso, haveria em sua alma alguma intenção mais ou menos contida de clemência? É algo que nunca poderá ser esclarecido.

Enfim, chegado o grande dia, essa pequena corte expôs toda a sua pompa, e seria difícil imaginar, sem ter visto, tudo o que a classe privilegiada de um pequeno Estado, de recursos restritos, pode exibir de esplendores para uma autêntica solenidade. Aquela era duplamente autêntica; primeiro, pela magia do luxo exposto, e depois, pelo interesse moral e misterioso que a ela se ligava.

Seu Fancioulle brilhava sobretudo nos papéis mudos ou pouco carregados de palavras, que são geralmente os principais nesses dramas feéricos cujo objetivo é representar simbolicamente o mistério da vida. Entrou em cena levemente e com absoluta graciosidade o que contribuiu para fortalecer, no nobre público, a ideia de doçura e perdão.

Quando se diz de um comediante "eis aí um bom comediante", serve-se de uma fórmula que implica que, sob o personagem, se deixa adivinhar ainda o comediante, quer dizer, a arte, o esforço, a vontade. Ora, se um comediante chegasse a ser, em relação ao personagem que ele está encarregado de representar, o que as melhores estátuas da Antiguidade, milagrosamente animadas, vivas, ambulantes, videntes, seriam em relação à ideia geral e confusa de beleza, isso seria, sem dúvida, um caso singular e totalmente inesperado. Fancioulle foi, naquela noite, uma perfeita idealização, que era impossível não supor viva, possível, real. O bufão ia e vinha, ria e chorava e se contorcia, com uma indestrutível auréola ao redor da cabeça, auréola invisível para todos, mas visível para mim, e onde se misturavam, em um estranho amálgama, os fulgores da Arte e a glória do Martírio. Fancioulle, não sei por que graça especial, introduzia o divino e o sobrenatural, até mesmo nas mais extravagantes palhaçadas. Minha pena treme, e lágrimas de uma emoção sempre presente me sobem aos olhos enquanto procuro lhes descrever aquela noite inesquecível. Fancioulle me provava, de maneira peremptória, irrefutável, que a embriaguez da Arte é mais apta que qualquer outra para velar os terrores do abismo; que o gênio pode representar a comédia à beira do túmulo com uma alegria que o impede de ver o túmulo, perdido, como ele está, em um paraíso que exclui toda ideia de túmulo e de destruição.

Todo esse público, por mais *blasé* e frívolo que pudesse ser, logo sofreu a todo-poderosa dominação do artista. Ninguém mais pensou em morte, em luto, nem em suplícios. Cada um se entregou, sem inquietude, às volúpias multiplicadas que proporciona a visão de uma obra-prima de arte viva. As explosões da alegria e da admiração abalaram repetidas vezes as abóbadas do edifício com a energia de um trovão contínuo. O próprio Príncipe, embriagado, juntou seus aplausos aos de sua corte.

Todavia, para um olhar clarividente, aquela embriaguez não era sem contrastes. Sentia-se vencido em seu poder de déspota? humilhado em sua arte de aterrorizar os corações e paralisar os espíritos? frustrado em suas esperanças e ridicularizado em suas previsões? Suposições como essas, não exatamente justificadas, mas não absolutamente injustificáveis, atravessaram meu espírito enquanto eu contemplava o semblante do príncipe, no qual uma palidez nova se sobrepunha sem parar à sua palidez habitual, como a neve se sobrepõe à neve. Seus lábios se apertavam cada vez mais, e seus olhos se iluminavam de um fogo interior semelhante àquele do ciúme e do rancor, mesmo enquanto ele aplaudia ostensivamente os talentos de seu velho amigo, o estranho bufão, que bufoneava tão bem a morte. Em certo momento, vi Sua Alteza se inclinar para um pequeno pajem, posicionado atrás dela, e lhe falar ao ouvido. A fisionomia maliciosa do lindo menino se iluminou de um sorriso; e então ele deixou, vivamente, o camarote principesco, como para cumprir uma missão urgente.

Alguns minutos depois, um assobio muito agudo, prolongado, interrompeu Francioulle em um de seus melhores momentos e cortou ao mesmo tempo os ouvidos e corações. E, do ponto da sala de onde havia irrompido essa desaprovação inesperada, um menino se precipitava por um corredor com risos abafados.

Fancioulle, abalado, despertado de seu sonho, primeiro fechou os olhos, depois os reabriu quase imediatamente, desmesuradamente arregalados, abriu em seguida a boca como para respirar convulsivamente, vacilou um pouco para frente, um pouco para trás, e depois caiu duro, morto, sobre o tablado.

Teria o assobio, rápido como um gládio, realmente frustrado a ação do carrasco? Teria o próprio Príncipe adivinhado toda a homicida eficácia de sua astúcia? É possível duvidar. Teria lamentado seu caro e inimitável Fancioulle? É doce e legítimo acreditar nisso.

Os nobres infratores haviam gozado pela última vez o espetáculo da comédia. Na mesma noite, eles foram apagados da vida.

Desde então, muitos mímicos, justamente apreciados em diferentes países, têm vindo representar diante da corte de ***; mas nenhum deles conseguiu se aproximar dos maravilhosos talentos de Fancioulle, nem alcançar o mesmo *favor*.

XXVIII
A moeda falsa

Enquanto nos afastávamos da tabacaria, meu amigo fez uma cuidadosa triagem de seus trocados; no bolso esquerdo do colete, introduziu pequenas moedas de ouro; no direito, pequenas moedas de prata; no bolso esquerdo da calça, um punhado de tostões, e finalmente, no direito, uma moeda de prata de dois francos que ele havia particularmente examinado.

"Singular e minuciosa distribuição", disse eu comigo mesmo.

Encontramos um pobre que nos estendeu, trêmulo, o seu boné. Não conheço nada de mais inquietante que a eloquência muda desses olhos suplicantes que contêm ao mesmo tempo, para o homem sensível que sabe lê-los, tanta humildade e tantos reproches. Aí se revela algo de semelhante a essa profundeza de sentimento complexo nos olhos lacrimejantes dos cães açoitados.

A esmola de meu amigo foi bem mais considerável que a minha, e eu lhe disse: "você tem razão; após o prazer de ser surpreendido, não há outro maior que o de causar uma surpresa". "Era a moeda falsa", ele me respondeu tranquilamente, como para se justificar de sua prodigalidade.

Porém em meu miserável cérebro, sempre ocupado em procurar cabelo em ovo (com que faculdade exaustiva a natureza me presenteou!), entrou subitamente a ideia de que tal conduta, da parte de meu amigo, só era perdoável pelo desejo de realizar um acontecimento na vida daquele pobre-diabo, talvez até de conhecer as consequências diversas, funestas e de outros tipos, que uma moeda falsa pode provocar nas mãos de um mendigo. Não poderia se multiplicar em moedas verdadeiras? Não poderia levá-lo à prisão? Um taberneiro, um padeiro, por exemplo, poderia denunciá-lo como falsificador ou propagador de moedas falsas. A moeda falsa também poderia ser, talvez, para um pobre especulador, o germe de uma riqueza de alguns dias. E assim minha fantasia seguia o seu rumo, dando asas ao espírito do meu amigo e fazendo todas as deduções possíveis de todas as hipóteses possíveis.

Mas ele rompeu bruscamente o meu devaneio retomando as minhas próprias palavras: "sim, você tem razão; não há prazer mais refinado do que surpreender um homem dando-lhe mais do que ele espera".

Eu o olhei bem no branco dos olhos e fiquei espantado ao ver que em seu olhar brilhava uma incontestável candura. Então percebi que ele quisera fazer ao mesmo tempo caridade e um bom negócio; ganhar quarenta tostões e o coração de Deus; conquistar o paraíso economicamente; enfim, conseguir de graça um certificado de homem caridoso. Eu lhe teria quase perdoado o desejo do criminoso prazer de que o supunha há pouco culpado; eu teria achado curioso, singular, que ele se divertisse comprometendo os pobres; mas não lhe perdoarei jamais a inépcia do seu cálculo. Nunca há desculpas quando se é mau, mas há algum mérito em saber que se é; e o mais irreparável dos vícios é fazer o mal por estupidez.

XXIX
O jogador generoso

Ontem, enquanto atravessava a multidão do bulevar, senti me esbarrar um ser misterioso, que eu sempre desejei conhecer e que logo reconheci, mesmo que nunca o tivesse visto. Sem dúvida, havia nele, em relação a mim, um desejo análogo, pois, ao passar por mim, deu uma piscadinha de olho significativa, à qual me apressei em responder. Eu o segui atentamente e, logo atrás dele, desci para uma mansão subterrânea, deslumbrante, onde resplandecia um luxo do qual nenhuma das habitações superiores de Paris poderia fornecer um exemplo que se aproximasse. Pareceu-me peculiar que eu tivesse passado tantas vezes ao lado desse prestigioso esconderijo sem descobrir sua entrada. Ali reinava uma atmosfera refinada, ainda que inebriante, que fazia esquecer quase instantaneamente todos os fastidiosos horrores da vida; ali se respirava uma beatitude sombria, semelhante àquela que continuam a experimentar os comedores de lótus quando, desembarcando numa ilha encantada, iluminada pelos clarões de um eterno meio-dia, sentem nascer, sob os sons narcóticos das melodiosas cascatas, o desejo de não rever mais seus penates, suas mulheres, suas crianças, e de nunca mais retornar às altas ondas do mar.

Havia ali rostos estranhos de homens e mulheres, marcados por uma beleza fatal que me parecia já ter visto em épocas e países que me eram impossíveis de recordar exatamente, e que me inspiravam antes uma simpatia fraternal em vez do pavor que normalmente nasce diante do desconhecido. Se eu quisesse tentar definir de uma maneira qualquer a expressão singular dos seus olhares, eu diria que jamais vi olhos brilhando mais energicamente de horror e de tédio, e do desejo imortal de se sentir vivo.

Meu anfitrião e eu já éramos, ao nos sentarmos, velhos e bons amigos. Nós comemos; bebemos além da medida todos os tipos extraordinários de vinhos, e não menos extraordinário me parecia, após várias horas, que não estava mais bêbado que ele. Entretanto o jogo, este prazer sobre-humano, havia interrompido em diversos intervalos nossas frequentes libações, e devo dizer que havia jogado e perdido minha alma, em consecutivas partidas, com uma despreocupação e uma leveza heroicas. A alma é uma coisa tão impalpável, frequentemente tão inútil e às vezes tão desagradável, que não senti, quanto à essa perda, senão um pouco menos de emoção do que se tivesse perdido, durante um passeio, meu cartão de visita.

Fumamos demoradamente alguns cigarros cujo sabor e perfume incomparáveis davam à alma a nostalgia de países e felicidades desconhecidas, e, embriagado de todas essas delícias, ousei, num acesso de familiaridade que não pareceu desagradá-lo, exclamar, me apoderando de uma taça cheia até a borda:

"À tua imortal saúde, velho Bode!".

Falamos também sobre o Universo, da sua criação e sua futura destruição; da grande ideia do século, quer dizer, o progresso e a perfectibilidade, e, em geral, de todas as formas da enfatuação humana. Sobre esse assunto, Sua Alteza não parava de fazer piadas sutis e irrefutáveis, e expressava-se com uma dicção suave e uma tranquilidade nas chacotas como não encontrei em nenhum dos mais célebres oradores da humanidade. Ele me explicou a absurdidade das diferentes filosofias que haviam, até o presente, se apossado do cérebro humano, e até consentiu em confessar-me alguns princípios fundamentais cujos benefícios e a propriedade não me convém compartilhar com quem quer que seja. Ele não se queixava de nenhum modo da má reputação que gozava em todas as partes do mundo, assegurou-me que era, ele mesmo, a pessoa mais interessada na destruição da *superstição*, e confessou-me que não havia tido medo, quanto ao seu próprio poder, a não ser uma única vez, no dia em que havia escutado um pregador, mais sutil que seus confrades, exclamar do púlpito: "Meus caros irmãos, não esqueçam jamais, quando escutarem vangloriar o progresso das luzes, que o mais belo truque do diabo é persuadir-lhes de que ele não existe!".

A lembrança desse célebre orador nos conduziu naturalmente ao assunto das academias, e meu estranho convidado afirmou-me que não desdenhava, em muitos casos, de inspirar a pena, a palavra e a consciência dos pedagogos, e que assistia quase sempre em pessoa, ainda que invisível, a todas as seções acadêmicas.

Estimulado por tantas bondades, perguntei a ele se tinha notícias de Deus e se o havia visto recentemente. Ele me respondeu, com uma despreocupação nuançada de certa tristeza: "Nós nos cumprimentamos quando nos encontramos, mas como dois senhores gentis, cuja cortesia inata não é capaz de extinguir completamente a lembrança de antigos rancores.".

Era duvidoso que Sua Alteza tivesse dado tão demorada atenção a um simples mortal, e eu temia abusar. Finalmente, enquanto a aurora estremecida esbranquiçava as vidraças, esse célebre personagem, cantado por tantos poetas e servido por tantos filósofos que trabalham pela sua glória sem o saber, me disse: "Quero que você guarde uma boa lembrança de mim, e provar-lhe que eu, de quem se fala tão mal, sou às vezes *bom diabo*, para servir-me de uma das suas locuções vulgares. A fim de compensar a perda irremediável que você teve da sua alma, eu lhe ofereço a aposta que você teria se a sorte estivesse do seu lado, isto é, a possibilidade de superar e de vencer, durante toda a sua vida, esse bizarro afeto do tédio, que é a fonte de todas as doenças e de todos os miseráveis progressos. Nunca mais você terá um desejo que eu não o ajude a realizar; você reinará sobre seus vulgares semelhantes; será coberto de adulações e mesmo de adorações; o dinheiro, o ouro, os diamantes, os palácios feéricos virão procurar-lhe e implorarão para que os aceite, sem que você tenha de se esforçar para conquistá-los; você mudará de pátria e de região tantas vezes quanto a sua imaginação ordenar; se embriagará de volúpias, sem lassidão, em países encantadores, onde faz sempre calor e as mulheres cheiram tão bem quanto as flores – etc., etc. ..." – acrescentou ele, elevando-se e se despedindo de mim com um sorriso.

Não fosse o medo de humilhar-me diante de uma assembleia tão grande, eu teria facilmente caído aos pés desse jogador generoso para agradecer-lhe por sua extraordinária magnificência. Contudo, pouco a pouco, depois que os deixei, a incurável desconfiança invadiu meu peito; eu não ousava mais crer em uma felicidade tão prodigiosa e, ao deitar-me, fazendo ainda minha reza devido a um resquício de hábito imbecil, repetia, meio adormecido: "Meu Deus! Senhor, meu Deus! Faça com que o diabo cumpra sua palavra!".

XXX
A corda

A Édouard Manet

"As ilusões", me dizia um amigo, "são tão inumeráveis talvez quanto as relações dos homens entre si, ou dos homens com as coisas. E quando a ilusão desaparece, quer dizer, quando vemos o ser ou o fato tal qual ele existe fora de nós, experimentamos um sentimento estranho, complicado, misto de nostalgia do fantasma desaparecido e de surpresa agradável diante da novidade, diante do fato real. Se existe um fenômeno evidente, trivial, sempre semelhante, e sobre cuja natureza é impossível enganar-se, é o amor materno. É tão difícil supor uma mãe sem amor materno quanto uma luz sem calor; sendo assim, não é perfeitamente legítimo atribuir ao amor materno todas as ações e as palavras de uma mãe relativas a seu filho? E, contudo, escute essa pequena história, na qual fui mistificado pela mais natural das ilusões.

"Minha profissão de pintor me leva a observar atentamente os rostos, as fisionomias, que cruzam o meu caminho, e você sabe que alegria nós tiramos dessa faculdade que torna a vida a nossos olhos mais viva e significativa que aos olhos dos outros homens. No bairro afastado em que moro, e onde vastos matagais ainda separam os prédios, observei muitas vezes um garoto cuja fisionomia ardente e esperta, mais que todas as outras, me seduziu de imediato. Ele posou mais de uma vez para mim, e eu o transformei ora em pequeno boêmio, ora em anjo, ora em amor mitológico. Eu o fiz carregar o violino do vagabundo, a Coroa de Espinhos e os Pregos da Paixão, e a Tocha de Eros. A graça desse garoto me trouxe tanto prazer que, um dia, pedi a seus pais, gente pobre, para me cedê-lo, prometendo vesti-lo bem, dar-lhe algum dinheiro e não impor a ele nenhuma outra tarefa que a de limpar meus pincéis e fazer minhas compras. Esse menino, bem lavado, tornou-se charmoso, e a vida que levava em minha casa lhe parecia um paraíso, comparativamente àquela que ele teria suportado no casebre paterno. Devo dizer apenas que o pequeno me assustou algumas vezes com umas crises singulares de tristeza precoce, e que ele manifestou muito rápido um gosto imoderado pelo açúcar e pelos licores; tanto que um dia, ao constatar que, apesar de minhas várias advertências, ele havia cometido mais um desses furtos, o ameacei de mandá-lo de volta para a casa dos pais.

"Qual não foi meu horror e meu espanto quando, ao chegar em casa, o primeiro objeto que me saltou aos olhos foi o meu rapazinho, o travesso companheiro de minha vida, enforcado na porta desse armário! Seus pés quase tocavam o assoalho; uma cadeira, que ele havia decerto empurrado com o pé, encontrava-se tombada ao seu lado; sua cabeça estava convulsivamente pendida sobre o ombro; seu rosto, inchado, e seus olhos, arregalados com uma fixidez medonha, me deram a princípio a ilusão de vida. Despendurá-lo não era uma tarefa tão fácil quanto você pode imaginar. Ele já estava muito rígido, e eu sentia uma inexplicável repugnância em fazê-lo cair bruscamente no chão. Era preciso sustentá-lo todo com um braço, e, com a mão do outro braço, cortar a corda. Todavia, feito isso, ainda havia mais; o monstrinho usara uma fita muito fina que entrara profundamente nas carnes, e agora era preciso, com uma tesourinha, procurar a corda entre as duas pregas do inchaço, para liberar o pescoço.

"Esqueci de lhe dizer que eu havia, vivamente, chamado por socorro; mas todos os meus vizinhos recusaram-se a vir me ajudar, fiéis nisso aos hábitos do homem civilizado, que nunca quer, não sei por que, se meter em casos de enforcado. Finalmente veio um médico, que declarou que o garoto tinha morrido havia muitas horas. Quando, mais tarde, tivemos que despi-lo para o enterro, a rigidez do cadáver era tal que, desistindo de flexionar os membros, tivemos de rasgar e cortar as roupas para tirá-las.

"O delegado, a quem, naturalmente, tive de comunicar o incidente, me olhou atravessado e disse 'muito suspeito!' – movido sem dúvida por um desejo inveterado e um hábito profissional de causar medo, sem distinção, aos inocentes e culpados.

"Faltava uma tarefa suprema a realizar, que só de pensar me causava uma angústia terrível: era preciso avisar os parentes. Meus pés recusavam-se a me levar até lá. Enfim, tomei coragem. Mas, para meu grande espanto, a mãe ficou impassível, nem sequer uma lágrima verteu do canto do seu olho. Atribuí essa estranheza ao próprio horror que ele devia experimentar, e que me fez lembrar uma conhecida sentença: 'As dores mais terríveis são as dores mudas'. Quanto ao pai, contentou-se em dizer, com um ar meio atordoado, meio pensativo: 'No fim das contas, talvez tenha sido melhor assim; ele teria terminado mal de qualquer jeito!'.

"Entretanto o corpo estava estendido em meu divã, e, ajudado por uma servente, ocupava-me dos últimos preparativos quando a mãe entrou em meu ateliê. Ela queria ver o cadáver de seu filho. Eu não podia, de fato, impedi-la de se embriagar com sua desgraça e recusar-lhe esse supremo e sombrio consolo. Em seguida ela me implorou para que lhe mostrasse o lugar onde o seu pequeno se enforcara. 'Oh! Não! Minha senhora – respondi –, isso lhe faria mal.' E, como involuntariamente meus olhos se viraram na direção do fúnebre armário, me apercebi, com um nojo misturado com horror e cólera, que o prego permanecia cravado na madeira, com um longo pedaço de corda pendurado. Apressei-me vivamente para arrancar esses últimos vestígios da desgraça e, como eu estava prestes a lançá-los pela janela aberta, a pobre mulher segurou o meu braço e me disse com uma voz irresistível: 'Oh! Senhor! Deixe isso para mim! Eu imploro! Eu lhe suplico!'. Seu desespero a havia, me pareceu, perturbado tanto que agora ela se enchia de ternura pelos objetos que haviam servido de instrumento para a morte de seu filho, e queria guardá-los como uma horrível e cara relíquia. E ela se apoderou do prego e da fita.

"Enfim! Enfim! Tudo estava resolvido. Só me restava voltar ao trabalho, mais vivamente ainda que de costume, para eliminar pouco a pouco esse pequeno cadáver que assombrava cada dobra do meu cérebro, e cujo fantasma me fatigava com seus grandes olhos arregalados. Porém, no dia seguinte, recebi um pacote de cartas: umas, dos locatários da minha casa, mais algumas das casas vizinhas; uma, do primeiro andar; outra, do segundo; mais outra, do terceiro, e assim por diante, umas em estilo meio debochado, procurando disfarçar sob uma aparente descontração a sinceridade do pedido; outras, grosseiramente atrevidas e com erros de ortografia, mas todas tendendo para a mesma finalidade, quero dizer, obter de mim um pedaço da funesta e beatífica corda. Entre os signatários havia, devo dizer, mais mulheres que homens; mas nenhum, acredite, pertencia à classe ínfima e vulgar. Guardei todas as cartas.

"E então, de repente, uma luz se fez no meu cérebro, e compreendi por que a mão fazia tanta questão de me arrancar a fita e por meio de que comércio ela pretendia se consolar."

XXXI
As vocações

Num belo jardim, onde os raios de um sol de outono pareciam se demorar com gosto, sob um céu já esverdeado, em que as nuvens de ouro flutuavam como continentes que viajam, quatro belas crianças, quatro meninos, certamente cansados de brincar, conversavam.

Um deles dizia: "Ontem me levaram ao teatro. Nos palácios grandes e tristes, no fundo dos quais se vê o mar e o céu, homens e mulheres, sérios e também tristes, mas bem mais belos e mais bem-vestidos do que aqueles que se veem por aí, falam com uma voz cantante. Eles se ameaçam, suplicam, se desculpam, e com frequência apoiam suas mãos num punhal enfiado na cintura. Ah! É bem bonito! As mulheres são bem mais belas e maiores do que aquelas que vêm nos ver em casa, e, ainda que com seus grandes olhos ocos e suas bochechas coradas elas tenham um ar terrível, não se pode deixar de amá-las. Temos medo, vontade de chorar, entretanto, ficamos contente... E, além disso, o que é mais singular é que dá vontade de estar vestido do mesmo modo, de dizer e fazer as mesmas coisas e de falar com a mesma voz...".

Uma das quatro crianças, que há alguns segundos já não ouvia mais o discurso do seu camarada e observava com uma fixidez surpreendente não sei que ponto no céu, disse de repente: "Olhem, olhem lá! Vocês o veem? Ele está sentado naquela pequena nuvem isolada, aquela nuvenzinha cor de fogo, que anda docemente. *Ele* também, dir-se-ia que *ele* nos olha!".

"Ora, mas quem?", perguntaram os outros.

"Deus!", ela respondeu, com um perfeito acento de convicção. "Ah! Ele já está bem longe, daqui a pouco vocês não poderão mais vê-lo. Sem dúvida, ele viaja para visitar todos os países. Olhem, ele vai passar atrás daquela fileira de árvores que está quase no horizonte... e agora desce atrás do campanário... Ah! Não vemos mais ele!". E a criança ficou durante um bom tempo virada para o mesmo lado, fixando na linha que separa a terra do céu olhos em que brilhavam uma indescritível expressão de êxtase e pesar.

"Ele é estúpido, aquele ali, com seu bom Deus, que somente ele pode perceber!", disse então o terceiro, cuja pequena pessoa era toda marcada por uma vivacidade e vitalidade singulares. "Eu vou contar a vocês como me aconteceu algo que jamais lhes aconteceu, e que é um pouco mais interessante que o seu teatro e que as suas nuvens. Há alguns dias, meus pais me levaram a uma viagem com eles e, como no albergue em que paramos não havia camas suficientes para todos, decidiram que eu dormiria na mesma cama que minha babá.". Ele chamou seus camaradas para mais perto de si e falou com uma voz mais baixa: "Dá um singular efeito, sabem, de não estar deitado sozinho, e sim numa cama com sua babá, nas trevas. Como eu não conseguia dormir, me diverti enquanto ela dormia, passando minha mão nos seus braços, no seu pescoço e nos seus ombros. Ela tem os braços e o pescoço bem maiores do que todas as outras mulheres, e a pele é tão doce, mas tão doce, que se diria feita de papel de carta ou de seda. Eu estava tendo tanto prazer que teria continuado durante muito tempo, caso não tivesse tido medo; primeiro, medo de acordá-la e, além disso, medo eu não sei do quê. Em seguida enfiei minha cabeça em seus cabelos, que pendiam sobre suas costas, espessos como uma crina, e eles cheiravam tão bem, eu lhes asseguro, quanto as flores do jardim a esta hora. Tentem, quando vocês puderem, fazer o mesmo que eu, e vocês vão ver!".

O jovem autor desta prodigiosa revelação tinha, enquanto fazia sua narrativa, os olhos arregalados por um tipo de espanto diante daquilo que ainda sentia, e os raios de um sol poente, deslizando através dos cachos ruivos da sua cabeleira despenteada, iluminavam-na como uma auréola sulfurosa de paixão. Era fácil perceber que este aí não desperdiçaria sua vida procurando a Divindade nas nuvens, e que a encontraria frequentemente em outros lugares.

Finalmente, o quarto falou: "Vocês sabem que eu raramente me divirto em casa; nunca me levam ao teatro; meu tutor é muito avarento; Deus não se ocupa de mim e de meu tédio, e tampouco tenho uma babá bonita para me mimar. Frequentemente pareceu-me que meu prazer seria sempre sair correndo, sem saber para onde, sem que ninguém se preocupasse, e ver sempre novos países. E nunca me sinto bem em lugar algum, e sempre acho que estaria melhor em algum outro lugar do que aquele onde estou. Bem! Na última feira da cidade vizinha, eu vi três homens que vivem como eu gostaria de viver. Vocês nem perceberam, vocês todos. Eles eram grandes, quase negros e muito orgulhosos, ainda que estivessem em trapos, com um ar de quem não precisa de ninguém. Seus grandes olhos sombrios se tornaram imediatamente brilhantes enquanto tocavam música; uma música tão surpreendente que causava tanto vontade de dançar quanto vontade de chorar, ou de fazer os dois ao mesmo tempo, de modo que nos deixaria loucos se a escutássemos durante muito tempo. Um deles, arrastando seu arco sobre o violino, parecia contar um lamento, e o outro, fazendo saltitar seu pequeno martelo nas cordas de um pequeno piano preso no seu pescoço por uma cordinha, tinha o ar de quem debochava do lamento do seu vizinho, enquanto o terceiro batia seus pratos, de tempos em tempos, com uma violência extraordinária. Eles estavam tão contentes consigo mesmos que continuaram a tocar sua música de selvagens mesmo após a multidão ter se dispersado. Por fim, eles recolheram seus tostões, colocaram suas bagagens nas costas e partiram. Eu, querendo saber onde moravam, os segui até a entrada da floresta, onde só então compreendi que não moravam em lugar algum.".

Então o primeiro disse: "Devemos montar a barraca?".

"Poupe-me! Não!", respondeu o outro. "Está uma noite tão linda!"

O terceiro dizia, completando a receita: "Aquelas pessoas não sentem a música, e as suas mulheres dançam como se fossem ursos. Felizmente, em menos de um mês nós estaremos na Áustria, onde encontraremos um povo mais amável.".

"Talvez fosse melhor irmos em direção à Espanha, pois veja bem a estação que se aproxima; fujamos antes das chuvas e nos encharquemos apenas de bebidas", disse um dos outros.

"Eu me lembro de tudo, como vocês veem. Em seguida, eles beberam, cada um, um copo de aguardente e dormiram, a fronte voltada para as estrelas. A princípio eu tivera vontade de pedir-lhes para me levar com eles e me ensinar a tocar seus instrumentos; mas não ousei, sem dúvida porque é sempre muito difícil decidir-se por qualquer coisa, e também porque eu tinha medo de ser apanhado antes de estar fora da França."

O ar pouco interessado dos outros três camaradas fez-me pensar que aquele pequeno era já um *incompreendido*. Eu o olhava atentamente; havia em seus olhos e em sua face algo de precocemente fatal que afasta geralmente a simpatia e que, eu não sei por que, excitava a minha a tal ponto que tive por um instante a ideia bizarra de que eu poderia ter um irmão que desconhecia.

O sol já havia se posto. A noite solene tomara seu lugar. As crianças se separaram, cada uma indo, involuntariamente segundo as circunstâncias e os acasos, refletir sobre seu destino, escandalizar seus próximos e gravitar em direção à glória ou à desonra.

XXXII
O tirso

A Franz Liszt

O que é um tirso? De acordo com o sentido moral e poético, é um emblema que carregam na mão os sacerdotes ou as sacerdotisas que celebram a divindade da qual são intérpretes e servidores. Porém, fisicamente, é apenas um bastão, um simples bastão, vara de lúpulo, estaca de vinha, seco, duro e reto. Ao redor desse bastão, nos seus meandros caprichosos, brincam e se divertem os caules e as flores, estas, sinuosas e fugidias, aqueles, pendidos como os sinos ou as taças entornadas. E uma glória surpreendente jorra dessa complexidade de linhas e de cores, suaves ou explosivas. Não parece que a linha curva e a espiral cortejam a linha reta, dançando ao seu redor numa muda adoração? Não parece que todas as suas delicadas corolas, todos os seus cálices, suas explosões de aromas e de cores executam um místico fandango ao redor do bastão hierático? E qual é, entretanto, o mortal imprudente que ousará decidir se as flores e os pâmpanos foram feitos para o bastão, ou se o bastão é apenas um pretexto para exibir a beleza dos pâmpanos e das flores? O tirso é a representação da tua surpreendente dualidade, mestre poderoso e venerado, caro bacante da beleza misteriosa e apaixonada. Nunca uma ninfa exasperada pelo invencível Baco vibrou seu tirso sobre a cabeça das companheiras enlouquecidas com tanta energia e tanto capricho como tu excitas teu gênio nos corações dos teus irmãos. O bastão é tua vontade, reta, firme e inabalável; as flores, o passeio da tua fantasia ao redor da tua vontade; o elemento feminino executando ao redor do macho prestigiosas piruetas. Linha vertical e linha arabesca, intenção e expressão, rigidez da vontade, sinuosidade do verbo, unidade do fim, variedade de meios, amálgama todo-poderosa e indivisível do gênio, qual analista terá a detestável coragem de te dividir e te separar?

Caro Liszt, através das brumas, além dos rios, sobre as cidades em que os pianos cantam tua glória, onde a imprensa traduz tua sabedoria, em qualquer lugar em que estejas, nos esplendores da cidade eterna ou nas brumas dos países sonhadores que Gambrino[7] consola, improvisando cantos de deleite ou de inefável dor, confiando ao papel tuas meditações abstrusas, cantor da volúpia e da angústia eternas; filósofo, poeta e artista, eu te saúdo na imortalidade!

7. *Cambrinus*, no original em francês, é o nome atribuído ao deus da cerveja na mitologia nórdica, da região de onde provinha o músico e compositor Franz Liszt (1811-1886), a quem Baudelaire dedica o poema. Na mitologia greco-romana, Gambrino teria correlação com Baco (também chamado Dionísio), divindade portadora do Tirso. (N. T.)

XXXIII
Embriaguem-se

É preciso estar sempre embriagado. Tudo se resume a isso: é a única questão. Para não sentir o horrível fardo do tempo que esmaga seus ombros e os curva para o chão, é preciso que se embriaguem sem trégua.

Mas de quê? De vinho, de poesia ou de virtude, como quiserem. Mas embriaguem-se.

E, se em algum momento, na escadaria de um palácio, na grama verde de uma vala, na solidão morna de seu quarto, vocês acordarem, já tendo a embriaguez diminuído ou passado, perguntem ao vento, à vaga, à estrela, ao pássaro, ao relógio, a tudo que escapa, a tudo que geme, a tudo que roda, a tudo que canta, a tudo que fala, perguntem que horas são; e o vento, a vaga, a estrela, o pássaro, o relógio responderão: "É hora de se embriagar! Para não serem escravos martirizados do tempo, embriaguem-se; embriaguem-se sem parar! De vinho, de poesia ou de virtude, como quiserem.".

XXXIV
Já!

Cem vezes já havia jorrado o sol, radioso ou entristecido, dessa imensa cuba do mar cujas bordas quase não se deixam perceber; cem vezes ele havia mergulhado de novo, incandescente ou morno, em seu imenso banho da tarde. Fazia muitos dias, nos era dado contemplar o outro lado do firmamento e decifrar o alfabeto celeste dos antípodas. E os passageiros se lamentavam e resmungavam. Dir-se-ia que a aproximação da terra exasperava-lhes o sofrimento. "Quando afinal", diziam eles, "deixaremos de dormir um sono sacudido pela vaga, atormentado por um vento que ronca mais alto que nós? Quando poderemos comer uma carne que não seja salgada como o elemento infame que nos carrega? Quando poderemos fazer a digestão em uma poltrona imóvel?"

Havia uns que pensavam no lar, que sentiam saudade de suas esposas infiéis e mal-humoradas, e de sua progenitura escandalosa. Todos estavam tão perturbados com a imagem da terra ausente, que teriam, creio eu, comido grama com mais entusiasmo que as bestas.

Enfim uma praia foi avistada; e vimos, ao nos aproximarmos, que era uma terra magnífica, deslumbrante. Parecia que as músicas da vida se desprendiam dela num vago murmúrio, e que daquelas costas, ricas em verdores de todo tipo, exalava, até muitas léguas além, um delicioso odor de flores e frutos.

Tão logo todos ficaram alegres, todos abdicaram do mau humor. Todas as querelas foram esquecidas, todos os equívocos recíprocos perdoados; todos os duelos consentidos foram riscados da memória, e os rancores dissiparam-se como fumaça.

Só eu estava triste, inconcebivelmente triste. Como um padre a quem se arrancasse a sua divindade, eu não podia, sem uma penível amargura, me desprender daquele mar tão monstruosamente sedutor, daquele mar tão infinitamente variado em sua terrível simplicidade, e que parece conter em si e representar pelos seus jogos, por suas agitações, suas cóleras e seus sorrisos, os humores, as agonias e os êxtases de todas as almas que viveram, que vivem e que viverão!

Dizendo adeus a essa incomparável beleza, eu me sentia abatido até a morte; e foi por isso que, quando cada um dos meus companheiros disse "Enfim!", eu só pude gritar "*Já!*".

Contudo era a terra, a terra com seus barulhos, suas paixões, suas comodidades, suas festas; era uma terra rica e magnífica, cheia de promessas, que nos lançava um misterioso perfume de rosa e de almíscar, e de onde as músicas da vida nos chegavam num amoroso murmúrio.

XXXV
As janelas

Aquele que olha, de fora, através de uma janela aberta nunca vê tantas coisas quanto aquele que olha uma janela fechada. Não há objeto mais profundo, mais misterioso, mais fecundo, mais tenebroso e ofuscante que uma janela iluminada por uma vela. Aquilo que se pode ver ao sol é sempre menos interessante do que o que se passa atrás de uma vidraça. Nesse buraco negro ou luminoso pulsa a vida, sonha a vida, sofre a vida.

Para além das ondas de telhados, vejo uma mulher madura, já enrugada, pobre, sempre debruçada em alguma coisa, e que nunca sai. Com sua expressão, sua roupa, seu gesto, com quase nada, reconstruí a história dessa mulher, antes ainda, sua lenda, e algumas vezes a conto a mim mesmo enquanto choro.

Se fosse um pobre velho, eu a teria reconstruído com a mesma facilidade.

E vou me deitar, orgulhoso por ter vivido e sofrido em outros que não eu mesmo.

Talvez vocês me questionem: "Tem certeza de que essa lenda seja a verdadeira?". Que importa o que é ou deixa de ser a realidade situada fora de mim, se ela me ajudou a viver, a sentir que existo e o que sou?

XXXVI
O desejo de pintar

Infeliz talvez seja o homem, mas feliz o artista cujo desejo dilacera!

Eu ardo por pintar aquela que me apareceu tão fugazmente e fugiu tão rápido, como uma bela coisa lamentosa atrás do viajante levado na noite. Como já faz tempo que ela desapareceu!

Ela é bela, e mais que bela; ela é surpreendente. Nela, o negro abunda; e tudo o que ela inspira é noturno e profundo. Seus olhos são dois antros onde cintila vagamente o mistério, e seu olhar ilumina como o relâmpago: é uma explosão nas trevas.

Eu a compararia a um sol negro, se fosse possível conceber um astro negro despejando luz e felicidade. Mas ela nos faz mais facilmente pensar na lua, que sem dúvida a marcou com a sua temível influência; não a lua branca dos idílios, que se parece com uma frígida casada, mas a lua sinistra e inebriante, suspensa no fundo de uma noite tempestuosa e atropelada pelas nuvens que correm; não a lua plácida e discreta que visita o sono dos homens puros, mas a lua arrancada do céu, vencida e revoltada, que as bruxas tessálias coagem rudemente a dançar sobre a relva aterrorizada!

Na sua miúda testa moram a vontade tenaz e o amor pela presa. Entretanto, mais embaixo neste rosto inquietante, onde narinas turbulentas aspiram o desconhecido e o impossível, explode, com uma graça inexprimível, o riso de uma grande boca, vermelha e branca, e deliciosa, que faz sonhar com o milagre de uma soberba flor desabrochada num terreno vulcânico.

Há mulheres que provocam o desejo de vencê-las e desfrutá-las; esta, porém, desperta o desejo de morrer lentamente sob seu olhar.

XXXVII
As beneficências da Lua

A Lua, que é o próprio capricho, olhou pela janela enquanto dormias no teu berço e disse a si mesma: "Esta criança me agrada...".

E ela desceu sutilmente sua escada de nuvens e passou pelas vidraças sem fazer barulho. Em seguida, pousou em ti com a ternura dócil de uma mãe e depositou suas cores em tua face. Tuas pupilas ficaram verdes, e tuas bochechas, extraordinariamente pálidas. Foi contemplando essa visitante que teus olhos se arregalaram de modo tão estranho; e ela tão docemente apertou tua garganta que guardastes, para sempre, a vontade de chorar.

Entretanto, na expansão da sua alegria, a Lua preenchia todo o quarto como uma atmosfera fosfórica, como um peixe luminoso; e toda essa luz viva pensava e dizia: "Tu sofrerás eternamente a influência do meu beijo. Serás bela à minha maneira. Amarás aquilo que eu amo e que me ama: a água, as nuvens, o silêncio e a noite, o mar imenso e verde; a água informe e multiforme; o lugar onde não estarás, o amante que não conhecerás, as flores monstruosas, os perfumes que fazem delirar, os gatos que desmaiam sobre os pianos e que gemem como as mulheres, de uma voz rouca e doce!

"E tu serás amada pelos meus amantes, cortejada pelos meus cortejadores. Serás a rainha dos homens de olhos verdes a quem a garganta eu também comprimi nas minhas carícias noturnas; daqueles que amam o mar, o mar imenso, tumultuoso e verde, a água informe e multiforme, o lugar onde não estão, a mulher que não conhecem, as flores sinistras que se assemelham aos incensórios de uma religião desconhecida, os perfumes que perturbam a vontade, e os animais selvagens e voluptuosos que são o emblema da sua loucura.".

E é por isso, maldita querida criança mimada, que estou agora deitado a teus pés, buscando em toda a tua pessoa o reflexo da temível Divindade, da fatídica madrinha, da ama envenenadora de todos os *lunáticos*.

XXXVIII
Qual é a verdadeira?

Conheci uma certa Benedita que enchia a atmosfera de ideal, cujos olhos resplandeciam o desejo da grandeza, do belo, da glória e de tudo aquilo que faz crer na imortalidade.

Mas essa menina milagrosamente era bela demais para viver muito tempo; assim, ela morreu alguns dias depois que a conheci, e fui eu mesmo que a enterrei, num dia em que a primavera agitava seu incensório até nos cemitérios. Fui eu que a enterrei, bem lacrada em um caixão de uma madeira perfumada e incorruptível como as arcas da Índia.

E, como os meus olhos permaneciam plantados no lugar onde estava enterrado o meu tesouro, vi subitamente uma pequena pessoa que se parecia muito com a defunta, e que, esperneando na terra fresca com uma violência histérica e bizarra, dizia, explodindo de rir: "Sou eu a verdadeira Benedita! Sou eu, uma famosa canalha! E, como punição a sua loucura e cegueira, você me amará assim, como eu sou!".

Mas, furioso, respondi: "Não! não! não!". E, para melhor marcar minha recusa, bati o pé tão violentamente na terra que minha perna afundou até o joelho na recente sepultura, e, como um lobo pego na armadilha, permaneço preso, talvez para sempre, na vala do ideal.

XXXIX
Um cavalo de raça

Ela é bem feia. Mas é deliciosa!

O tempo e o amor marcaram-na com suas garras e com crueldade lhe ensinaram o que cada minuto e cada beijo levam embora de juventude e frescor.

Ela é realmente feia; ela é formiga, aranha, se você quiser, um verdadeiro esqueleto; mas ela também é elixir, feiticeira, encantamento! Em suma, ela é preciosa.

O tempo não pode romper a harmonia brilhante de seu andar nem a elegância indestrutível de seu porte. O amor não alterou a suavidade de seu hálito de criança; e o tempo não arrancou um fio de sua abundante crina de onde exala em perfumes selvagens toda a vitalidade endiabrada do sul da França: Nîmes, Aix, Arles, Avignon, Narbonne, Toulouse, cidades abençoadas pelo sol, apaixonantes e charmosas.

O Tempo e o Amor morderam-na em vão a plenos dentes; não diminuíram em nada o encanto vago, mas eterno, de seu peito de menino.

Rodada talvez, mas não cansada, e sempre heroica, ela lembra esses cavalos de grande raça que o verdadeiro amador reconhece só de olhar, mesmo atrelado a uma carruagem de aluguel ou a uma carroça pesada.

Além disso, ela é tão doce e tão ardente! Ela ama como se ama no outono; dir-se-ia que a proximidade do inverno acende em seu coração um novo fogo, e sua ternura servil nunca tem nada de cansativo.

XL
O espelho

Um homem horroroso entra e se olha no espelho.

"Por que você se olha no espelho mesmo sentindo tanto desprazer ao se ver nele?"

O homem horroroso me responde: "Meu senhor, de acordo com os imortais princípios de 89, todos os homens são iguais; portanto eu tenho o direito de me olhar, com prazer ou desprazer, isso só diz respeito a minha consciência".

Em nome do bom senso, talvez eu tivesse razão; mas, do ponto de vista da lei, ele não estava errado.

XLI
O porto

Um porto é uma parada encantadora para uma alma cansada das lutas da vida. A amplidão do céu, a arquitetura móvel das nuvens, as colorações cambiantes do mar, a cintilação dos faróis são um prisma maravilhosamente próprio para divertir os olhos sem nunca os cansar. As formas esbeltas dos navios de aparelhagem complexa nos quais a onda imprime oscilações harmoniosas servem para cultivar na alma o gosto pelo ritmo e pela beleza. E, além disso, sobretudo, há um tipo de prazer misterioso e aristocrático para aquele que não tem mais nem curiosidade nem ambição, e contempla, deitado no mirante ou debruçado no molhe, toda a movimentação daqueles que partem e daqueles que retornam, daqueles que ainda têm força para querer, o desejo de viajar ou de enriquecer.

XLII
Retratos de amantes

Num salão de homens, quer dizer, numa sala para fumantes vizinha a uma elegante casa de jogo, quatro homens fumavam e bebiam. Eles não eram nem exatamente jovens, nem velhos, nem belos nem feios; mas, velhos ou jovens, tinham essa distinção nada desconhecida dos veteranos do prazer, esse indescritível não sei o quê, essa tristeza fria e zombeteira que diz claramente "Nós vivemos intensamente, e buscamos aquilo que pudéssemos amar e estimar".

Um deles deu início a uma conversa sobre mulheres. Certamente teria sido mais filosófico não falar disso; mas há pessoas de espírito que, após beber, não desdenham as conversas banais. Então a gente escuta aquele que fala como escutaríamos uma música dançante.

"Todos os homens", dizia ele, "tiveram a idade do querubim: é a época em que, na falta das dríades, abraçamos, sem desgosto, o tronco dos carvalhos. É o primeiro grau do amor. No segundo grau, começamos a escolher. Poder deliberar já é em si uma decadência. É então que se procura decididamente a beleza. Eu, senhores, me orgulho de ter chegado, há um bom tempo, na época climatérica do terceiro grau, em que a beleza em si não satisfaz mais se não for temperada pelo perfume, pelo adorno, etc. Até confessarei que aspiro, algumas vezes, a uma felicidade desconhecida, a um quarto grau que deve marcar a calma absoluta. Porém, durante toda a minha vida, exceto na idade do Querubim, fui mais sensível que qualquer outro à enervante tolice, à irritante mediocridade das mulheres. O que eu amo sobretudo nos animais é a candura. Imaginem, então, como eu devo ter sofrido com minha última amante.

"Era a bastarda de um príncipe. Linda, isso é óbvio; senão, por que teria me apaixonado por ela? Mas ela corrompia essa grande qualidade por uma ambição indecorosa e disforme. Era uma mulher que queria sempre bancar o homem. 'Você não é homem! Ah! Se eu fosse um homem! De nós dois, eu que sou o homem!', tais eram os insuportáveis refrãos que saíam daquela boca em que eu queria ver aflorar somente canções. A propósito de um livro, um poema, uma ópera sobre a qual eu deixava escapar minha admiração – 'Você talvez acha que isso é muito forte?', – dizia ela em seguida: 'é isso que você conhece por força?' – e ela argumentava.

"Um belo dia ela se meteu a estudar química; de tal modo que entre a minha boca e a dela eu passei a encontrar, a partir de então, uma máscara de vidro. Apesar disso, era muito conservadora. Se às vezes eu a incitava com um gesto um pouco amoroso demais, ela se convulsionava como uma sensível violada..."

"Como isso acabou?", indagou um dos outros três. Eu não o imaginava tão paciente.

"Deus", respondeu ele, "colocou remédio no mal. Certo dia, eu encontrei essa Minerva, esfomeada de força ideal, a sós com meu criado e numa situação que me obrigou a me retirar discretamente para não envergonhá-los. À noite eu dispensei os dois, pagando-lhes o atrasado dos seus honorários."

"Quanto a mim", retomou o que havia interrompido, "não tenho do que lamentar se não de mim mesmo. A felicidade veio morar comigo, e não a reconheci. O destino me havia concedido, nestes últimos tempos, desfrutar de uma mulher que era a mais doce, a mais submissa e a mais devota das criaturas, e sempre disposta! E sem entusiasmo! 'Eu estou de acordo, já que isso te agrada.' Essa era sua resposta usual. Se vocês dessem pauladas nessa parede ou nesse sofá, arrancariam mais suspiros deles do que eu arrancava do peito da minha amada diante dos impulsos de amor mais arrebatados. Depois de um ano de vida em comum, ela me confessou que nunca havia conhecido o prazer. Eu me aborreci com tal duelo desigual, e essa mulher incomparável se casou. Tive mais tarde a ideia de revê-la, e ela me disse, mostrando-me seus seis belos filhos: 'Veja bem, meu caro amigo! A esposa é ainda tão *virgem* quanto era a sua amante'.' Nada havia mudado naquela pessoa. Algumas vezes, sinto falta dela; devia ter me casado com ela."

Os outros começaram a rir, e um terceiro aproveitou para dizer:

"Senhores, eu conheci prazeres que talvez vocês tenham negligenciado. Quero falar do cômico no amor, e de um cômico que não exclui a admiração. Admirei minha última amante mais do que vocês, creio, puderam odiar ou amar as suas. E todo mundo a admirava tanto quanto eu. Quando entrávamos num restaurante, após alguns minutos, todos esqueciam de comer para contemplá-la. Mesmo os garçons e a caixa sentiam esse êxtase contagioso de modo a esquecerem de suas tarefas. Em suma, vivi algum tempo em intimidade com um *fenômeno* vivo. Ela comia, mastigava, triturava, devorava, engolia, mas com o ar mais leve e mais despreocupado do mundo. Assim ela me deixou em êxtase por muito tempo. Ela tinha uma maneira doce, sonhadora, inglesa e romanesca de dizer 'Estou com fome!'. E repetia estas palavras dia e noite, mostrando os dentes mais lindos do mundo, que deixariam vocês enternecidos e alegres ao mesmo tempo. Eu poderia ter ficado rico se a tivesse exibido nas feiras como *monstro polífago*. Eu a alimentava bem; e mesmo assim ela me deixou..."

"Por um fornecedor de víveres, estou certo?"

"Algo do tipo, uma espécie de empregado da intendência, que, com alguma trapaça, forneceu à pobre criança talvez a ração de vários soldados. Ao menos é isso que eu supus."

"Eu", disse o quarto, "suportei sofrimentos atrozes pelo contrário do que, em geral, se censura às egoístas fêmeas. Vocês são inconvenientes, tão afortunados mortais, por reclamarem das imperfeições de vossas amantes!"

Isso foi dito com um tom muito sério, por um homem de aspecto suave e ponderado, de uma fisionomia quase clerical, infelizmente iluminado por olhos de um cinza-claro, olhos cujo olhar diz "Eu quero!" ou "Deve-se!" ou bem "Eu não perdoo jamais!".

"Se, nervoso como eu te conheço, você, G..., covardes e imprudentes como são vocês dois, K... e J..., vocês se relacionassem com uma certa mulher que eu conheço, ou fugiriam, ou seriam mortos. Quanto a mim, eu sobrevivi, como vocês veem. Imaginem uma pessoa incapaz de cometer um erro de sentimento ou de cálculo, imaginem uma serenidade desoladora de caráter; uma devoção sem comédia e sem ênfase; uma doçura sem fraqueza; uma energia sem violência. A história do meu amor se parece com uma interminável viagem numa superfície pura e polida como um espelho, vertiginosamente monótona, que refletisse todos os meus sentimentos e gestos com a exatidão irônica da minha própria consciência, de modo que eu não podia me permitir um gesto ou um sentimento despropositado sem perceber imediatamente a censura muda de meu inseparável espectro. O amor me parecia uma tutela. Quantas besteiras ela me impediu de fazer, e como eu lamento não tê-las cometido! Quantas dívidas pagas contra minha vontade! Ela me privava de todos os benefícios que eu poderia ter extraído da minha loucura pessoal. Com uma fria e intransponível regra, ela barrava todos os meus caprichos. Para o cúmulo do horror, ela não exigia minha gratidão, uma vez passado o perigo. Quantas vezes eu não tive de me conter para não saltar em seu pescoço gritando 'Seja imperfeita, miserável! para que eu possa te amar sem desconforto e sem ira!'. Durante vários anos eu a admirei com o coração cheio de raiva. Enfim, não fui eu que morri!"

"Ah!", exclamaram os outros, "então ela morreu?"

"Sim! Isso não podia continuar assim. O amor havia se tornado para mim um pesadelo esmagador. Vencer ou morrer, como se diz na política, tal era a alternativa que me impunha o destino! Uma tarde, num bosque... à beira de um lago... após um melancólico passeio em que os olhos dela refletiam a doçura do céu e o meu coração, crispado como o inferno..."

"Quê?!"

"Como?!"

"O que você está querendo dizer?"

"Era inevitável. Eu tenho um grande sentimento de equidade para ser capaz de bater, ultrajar ou dispensar um criado irrepreensível. Mas era preciso conciliar esse sentimento com o horror que aquele ser me inspirava; me livrar dela sem faltar com o respeito. O que vocês queriam que eu fizesse dela, *já que era perfeita?*"

Os outros três companheiros olharam-no com um olhar vago e ligeiramente embasbacado, fingindo não compreender e reconhecendo implicitamente que não se sentiam, no que lhes diz respeito, capazes de uma ação tão rigorosa, ainda que, por outro lado, suficientemente justificada.

Em seguida mandaram trazer mais garrafas, pra matar o Tempo da Vida tão dura e acelerar a Vida, que tão lentamente se esvai.

XLIII
O galante atirador

Como a carroça atravessava o bosque, ele a fez parar nas proximidades de um campo de tiro, dizendo que lhe seria agradável atirar algumas balas para *matar* o Tempo. Matar esse monstro, não é esta a ocupação mais ordinária e mais legítima de cada um? E ele ofereceu gentilmente a mão à sua cara, deliciosa e execrável mulher, a essa misteriosa mulher a quem deve tantos prazeres, tantas dores e talvez também grande parte do seu gênio.

Várias balas acertaram longe do alvo proposto; uma delas se cravou inclusive no teto; e como a charmosa criatura ria loucamente, caçoando da falta de habilidade do seu esposo, este se voltou bruscamente para ela e lhe disse: "Observe aquela boneca, ali, à direita, de nariz empinado e com um ar bem arrogante. Pois é! Caro anjo, *eu faço de conta que é você.*". E ele fechou os olhos e puxou o gatilho. A boneca foi nitidamente decapitada.

Então, inclinando-se diante de sua cara, deliciosa, execrável mulher, sua inevitável e implacável musa, e beijando respeitosamente sua mão, acrescentou: "Ah! Meu caro anjo, como eu te agradeço pela minha habilidade!".

XLIV
A sopa e as nuvens

Minha doidinha preferida me servia o jantar, e pela janela aberta da copa eu contemplava as arquiteturas móveis que Deus faz com os vapores, as maravilhosas construções do impalpável. E eu me dizia, no meio da minha contemplação:

"Todas essas fantasmagorias são quase tão belas quanto os olhos da minha bela preferida, a doidinha monstruosa de olhos verdes."

E de repente recebi um soco nas costas e escutei uma voz gutural e charmosa, uma voz histérica, como que enrouquecida pela cachaça, a voz de minha querida amada que dizia "Não vai tomar logo a sua sopa, seu lunático mercador de nuvens?".

XLV
O tiro e o cemitério

Diante do cemitério, Taberna. "Curioso anúncio", disse a si mesmo nosso guia, "mas muito bom para dar sede! Certamente o garçom dessa taberna sabe apreciar Horácio e os poetas discípulos de Epicuro. Talvez ele conheça o refinamento profundo dos antigos egípcios, para os quais não havia boa festa sem esqueleto, ou sem um emblema qualquer sobre a brevidade da vida."

E ele entrou, bebeu um copo de cerveja diante dos túmulos e fumou lentamente um charuto. Em seguida, a imaginação encarregou-se de fazê-lo descer ao cemitério, onde a grama era tão alta e convidativa e reinava um tão rico sol.

De fato, ali a luz e o calor irritavam, e se poderia dizer que o sol embriagado se espojava todo sobre um tapete de flores magníficas, adubadas pela destruição. Um imenso murmúrio de vida preenchia o ar – a vida dos infinitamente pequenos –, interrompido em intervalos regulares pela crepitação de um tiro de fogo vizinho, que estourava como a explosão das rolhas de champanhe no zumbido de uma sinfonia em surdina.

Agora, sob o sol que lhe fervia o cérebro e na atmosfera dos ardentes perfumes da Morte, ele ouviu uma voz sussurrar sob o túmulo em que estava sentado. E esta voz dizia: "Malditos sejam seus alvos e suas carabinas, inquietos vivos, que se preocupam tão pouco com os defuntos e seu divino repouso! Malditas sejam suas ambições, malditos sejam seus cálculos, impacientes mortais, que vêm estudar a arte de matar junto ao santuário da Morte! Se vocês soubessem como é fácil ganhar o prêmio, como é fácil atingir o alvo, e o quanto tudo é nada, exceto a Morte, não se cansariam tanto, laboriosos viventes, e incomodariam menos o sono daqueles que há muito tempo atingiram o alvo, o único verdadeiro alvo da detestável vida!".

XLVI
Perda de auréola

– Mas o quê? Você por aqui, meu caro? Você, em um lugar tão baixo! Você, o bebedor de quintessências! Você, o comedor de ambrosia! Na verdade, isso muito me surpreende.

– Meu caro, você sabe do meu pavor de cavalos e de carros. Há pouco, enquanto atravessava o bulevar com muita pressa, saltitando na lama, no meio desse caos movente aonde a morte chega a galope de todos os lados ao mesmo tempo, minha auréola, num movimento brusco, escorregou da minha cabeça na sujeira do asfalto. Não tive coragem de pegá-la. Achei menos desagradável perder minhas insígnias que arriscar quebrar os ossos. E depois, eu disse a mim mesmo, a desgraça serve para alguma coisa. Agora eu posso caminhar incógnito, praticar ações baixas e me entregar à crápula, como os simples mortais. E eis-me aqui, igualzinho a você, como pode ver!

– Você deveria ao menos pôr um anúncio da perda dessa auréola, ou fazer uma queixa às autoridades.

– Ah! Não. Estou bem assim. Apenas você me reconheceu. Aliás, a dignidade me entedia. Além disso, imagino com alegria que algum mau poeta irá apanhá-la e colocá-la na cabeça sem nenhum pudor. Fazer alguém feliz, que prazer imenso! E sobretudo um felizardo que me fará rir! Pense em X, ou em Z, hein! Como isso será engraçado!

XLVII
Senhorita Bisturi

Ao chegar ao limite do subúrbio, sob o clarão do gás, senti um braço encostar-se docemente sob o meu, e escutei uma voz que me dizia ao pé do ouvido "o senhor é médico?".

Olhei; era uma garota alta, robusta, de olhos bem abertos, levemente maquiados, cabelos flutuando ao vento com as fitas do gorro.

– Não. Não sou médico. Deixe-me passar.

– Ah! Sim! O senhor é médico. Vejo bem que é. Venha à minha casa. O senhor ficará satisfeito comigo, vamos!

– Irei vê-la, sem dúvida, porém mais tarde, *depois do médico*, que diabo!...

– Ah! Ah! – disse ela, ainda dependurada em meu braço, e desatando a rir. – O senhor é um médico piadista, tenho conhecido muitos desse gênero. Venha.

Amo apaixonadamente o mistério, pois sempre tenho a esperança de desvendá-lo. Deixei-me, então, arrastar por essa companheira, ou, sobretudo, por esse enigma inesperado.

Omito a descrição do antro; pode-se encontrá-la em diversos poetas franceses bem conhecidos. Apenas, detalhe que passou desapercebido por Régnier, dois ou três retratos de doutores célebres pendurados nas paredes.

Como fui bajulado! Lareira, vinho quente, cigarros; e oferecendo-me tudo isso e acendendo ela mesma um cigarro, aquela criatura engraçada me dizia:

– Sinta-se em casa, meu amigo, fique à vontade. Isso lhe recordará o hospital e os bons tempos da juventude. Ah! diga-me: onde ganhou esses cabelos brancos? O senhor não era assim, há bem pouco tempo, quando era interno do L... Lembro-me de que era o senhor quem o assistia nas operações graves. Eis um homem que gostava de cortar, talhar e aparar! Era o senhor quem lhe passava os instrumentos, os fios, as esponjas... E como ele dizia, orgulhoso, a operação terminada, olhando no relógio: "Cinco minutos, senhores!". Oh! Eu vou a toda parte. Conheço bem esses senhores.

Alguns instantes mais tarde, me tratando por "você", recomeçou sua ladainha e disse:

– Você é médico, não é, meu gato?

Esse inteligível refrão me fez dar um pulo.

– Não! – gritei furioso.

– Cirurgião, então?

– Não! Não! A menos que seja para cortar sua cabeça! Sua louca de m... filha de uma p...

– Espere – retomou ela –, você vai ver.

E tirou de um armário um maço de papéis que nada mais era que a coleção dos retratos dos médicos ilustres daquele tempo, litografados por Maurin, que estiveram expostos durante muitos anos no Cais Voltaire.

– Toma! Reconhece este aqui?

– Sim! É X. Aliás, o nome está embaixo; mas o conheço pessoalmente.

– Eu sabia! Toma! Este é Z., aquele que dizia, em suas aulas, falando de X., "aquele monstro que traz impressa no rosto a escuridão de sua alma". Tudo isso porque o outro não tinha a mesma opinião que ele em determinado assunto! Como a gente ria disso na escola, naquele tempo! Lembra? ... Veja, este é K., aquele que denunciava ao governo os rebeldes dos quais cuidava no hospital. Era o tempo das revoltas. Como é possível que um homem tão bonito tivesse um coração tão mau? Eis agora W., um famoso médico inglês; eu o agarrei em sua viagem a Paris. Ele tem um ar de donzela, não tem?

E como eu tocasse em um embrulho amarrado com um barbante, que também estava sobre a mesinha...

– Espere um pouco – disse ela. – Isso aí, são os internos, e este pacote aqui, os externos.

E ela abriu em leque uma massa de imagens fotográficas que representavam fisionomias bem mais jovens.

– Quando nos virmos de novo, você me dará seu retrato, não é, querido?

– Mas – eu lhe disse, seguindo também, por minha vez, minha ideia fixa –, por que você acha que sou médico?

É que você é muito gentil e bom para as mulheres!

– Que raciocínio singular! – disse para mim mesmo.

– Oh! Eu quase nunca me engano; conheci vários. Gosto tanto desses senhores que, ainda que eu não seja doente, vou vê-los de vez em quando, apenas por vê-los. Alguns me dizem friamente "a senhora não tem nenhuma doença". Mas há outros que me compreendem porque mostro meu charme.

– E quando eles não a compreendem...?

– Ora essa! Como eu os incomodei *inutilmente*, deixo dez francos sobre a chaminé. São tão bons e tão doces, esses homens... Descobri na Piedade um pequeno interno que é lindo como um anjo e muito delicado! E como trabalha, o pobre rapaz! Seus colegas me disseram que ele não tinha um tostão porque seus pais são pobres e não podem lhe mandar nada. Isso me deu confiança. Afinal de contas, sou uma mulher bem bonita, embora não muito jovem. Eu lhe disse "venha me ver, venha me ver sempre; e comigo, não se incomode; não preciso de dinheiro". Mas você compreende que o fiz entender por diversas maneiras; não lhe disse tudo tão cruamente; tinha muito medo de humilhá-lo, a esse pequeno querido.

– Pois bem! Você acha que tenho um desejo bizarro que não ouso lhe contar? Eu queria que ele viesse me ver com sua maleta e seu avental, mesmo manchado com um pouco de sangue.

Ela disse isso com um ar tão cândido quanto um homem diria a uma comediante que ele gostasse "Quero vê-la vestida com o figurino daquele famoso papel que você criou.".

Eu, obstinado, retomei:

– Pode se lembrar da época e da ocasião em que nasceu em você essa paixão tão particular?

Foi difícil me fazer entender; finalmente consegui. Mas então ela me respondeu com um ar muito triste e mesmo, até onde me lembro, afastando os olhos:

– Não sei... Não me lembro.

Quantas bizarrices a gente não encontra em uma grande cidade, quando sabe perambular e ver. A vida é um formigar de monstros inocentes.

Senhor, meu Deus! Vós, o criador, vós, o Mestre; vós que fizestes a Lei e a Liberdade; vós, o soberano que deixais fazer, vós, o juiz que perdoais; vós, que sois cheio de motivos e causas, e que talvez acrescentastes ao meu espírito o gosto do horror para converter o meu coração, como a cura na ponta de uma lâmina. Senhor, tende piedade, tende piedade dos loucos e das loucas! Ó Criador! Podem existir monstros aos olhos do único que sabe por que eles existem, como eles *foram feitos* e como eles poderiam *não ter sido feitos*?

XLVIII
Any where out of the world
Em qualquer lugar fora do mundo

Essa vida é um hospital onde cada doente está possuído pelo desejo de mudar de cama. Aquele ali gostaria de sofrer diante do aquecedor, e aquele lá acredita que irá se curar ao lado da janela.

A mim, parece que estarei sempre bem lá onde não estou, e essa questão da mudança é uma das quais discuto sem cessar com a minha alma.

"Diga-me, alma minha, pobre alma esfriada, que pensarias tu de habitar Lisboa? Deve fazer calor por lá, e tu te reavivarias como uma lagartixa. Essa cidade está à beira d'água; dizem que foi construída em mármore, e que o povo de lá tem tanta raiva dos vegetais que por isso arrancam todas as árvores. Eis uma paisagem de acordo com teu gosto; uma paisagem feita com a luz e o mineral, e o líquido a refleti-los!"

Minha alma não responde.

"Já que tu amas tanto o repouso, com o espetáculo do movimento, queres vir morar na Holanda, essa terra beatificadora? Talvez tu te divirtas nessa região cuja imagem tu frequentemente admiraste nos museus. Que pensarias tu de Roterdã, tu que amas as florestas dos mastros e os navios amarrados ao pé das casas?"

Minha alma permanece muda.

"Batávia talvez te soaria melhor? Lá, encontraríamos, além disso, o espírito da Europa casado com a beleza tropical."

Nenhuma palavra... Minha alma estaria morta?

"Chegaste a tal ponto de entorpecimento que tu não te comprazes senão no teu mal? Se é assim, fujamos em direção aos países que são analogias da morte. Eu cuidarei disso, pobre alma! Faremos nossa bagagem para Tornéo. Iremos ainda mais longe, ao limite extremo do Báltico; ainda mais longe da vida, se possível; instalemo-nos no Polo. Lá o sol não toca senão obliquamente a Terra, e as lentas alternativas da luz e da noite suprimem a variedade e aumentam a monotonia, essa metade do nada. Lá, poderemos tomar longos banhos de trevas, enquanto, para nos divertir, as auroras boreais nos enviarão de tempos em tempos seus ramos de rosas, como reflexos de um fogo de artifício do Inferno!"

Enfim, minha alma explode e sabiamente me grita: "Em qualquer lugar! em qualquer lugar! Contanto que fora deste mundo!"

XLIX
Espanquemos os pobres!

Durante quinze dias eu havia me confinado no meu quarto e me cercado de livros da moda naquele tempo (dezesseis ou dezessete anos atrás); quero dizer, os livros que tratam da arte de tornar os povos felizes, sábios e ricos, em vinte e quatro horas. Eu havia digerido – ou melhor, engolido – todas as elucubrações de todos esses empreendedores da felicidade pública – daqueles que aconselham a todos os pobres a se tornarem escravos, e daqueles que lhes persuadiam de que eles são todos reis destronados. Não é surpreendente que o meu estado de espírito, então, se avizinhasse da vertigem e da estupidez.

Parecera-me apenas que eu sentia, confinado no fundo de meu intelecto, o germe obscuro de uma ideia superior a todas as fórmulas de boa esposa cujo dicionário eu havia percorrido recentemente. Mas não passava da ideia de uma ideia, de algo infinitamente vago.

Então saí com muita sede. Pois o gosto apaixonado das más leituras engendra uma necessidade proporcional de ar livre e refrescos.

Quando estava prestes a entrar em um cabaré, um mendigo me estendeu o seu chapéu, com um desses olhares inesquecíveis que derrubariam os tronos se o espírito movesse a matéria, e se o olho de um magnetizador fizesse amadurecer as uvas. Ao mesmo tempo, ouvi uma voz que sussurrava no meu ouvido, uma voz que reconheci na hora; era a voz de um anjo bom, ou de um bom demônio, que me acompanhava em todos os lugares. Ora, se Sócrates tinha seu bom demônio, por que eu não poderia ter meu anjo bom, e por que não poderia ter a honra, como Sócrates, de obter meu ato de loucura, assinado pelo sutil Lélut e pelo prudente Baillarger?

A diferença entre o demônio de Sócrates e o meu é que o demônio de Sócrates apenas se manifestava para proibir, advertir, impedir, e o meu se digna a aconselhar, sugerir, persuadir. Esse pobre Sócrates tinha apenas um demônio proibidor; o meu é um grande afirmador, o meu é um demônio de ação, um demônio de combate.

Ora, sua voz me sussurrava isto: "só é igual aos outros quem prova, e só é digno da liberdade quem sabe conquistá-la".

Imediatamente pulei em cima do meu mendigo. Com um único soco, tapei-lhe um olho, que ficou inchado, em um segundo, como uma bola. Quebrei uma de minhas unhas ao estragar-lhe dois dentes, e como eu não me sentia suficientemente forte, tendo nascido delicado e tendo praticado pouco boxe, para espancar rapidamente esse velhaco, agarrei-o com uma mão pela gola, com a outra segurei sua garganta, e comecei a bater vigorosamente sua cabeça contra um muro. Devo confessar que eu havia previamente olhado ao redor, e que havia verificado que naquele bairro deserto eu me encontrava, por tempo suficiente, fora do alcance de qualquer agente de polícia.

Tendo em seguida, com um chute nas costas forte o suficiente para quebrar as omoplatas, derrubado esse sexagenário enfraquecido, peguei um grande galho de árvore que estava no chão e lhe bati com a energia obstinada dos cozinheiros que querem amaciar um bife.

De repente – ó milagre! Ó alegria do filósofo que verifica a excelência de sua teoria! – eu vi aquela velha carcaça se virar, se levantar com uma energia que eu jamais teria suposto em uma máquina tão singularmente desmembrada, e, com um olhar de ódio que me pareceu de *bom augúrio*, o malandro decrépito se lançou sobre mim, feriu-me os dois olhos, quebrou-me quatro dentes, e com o mesmo galho de árvore me bateu firme como gesso.

Com minha enérgica medicação, eu lhe havia, portanto, devolvido o orgulho e a vida.

Então, fiz um sinal para lhe fazer entender que considerava a discussão como terminada, e, me levantando com a satisfação de um sofista do Pórtico, lhe disse: "Senhor, *você é meu igual!* Queira me dar a honra de dividir com você minha bolsa; e lembre-se, se você é realmente filantropo, de que é necessário aplicar a todos os seu confrades, quando eles lhe pedirem esmola, a teoria que eu tive a *dor* de testar nas suas costas.".

Ele me jurou que havia compreendido minha teoria, e que obedeceria aos meus conselhos.

L
Os bons cães

Ao senhor Joseph Stevens

Jamais me envergonhei, mesmo diante dos jovens escritores do meu século, da minha admiração por Buffon, mas hoje não é a alma desse pintor da natureza pomposa que eu chamarei em minha ajuda. Não.

Bem mais facilmente, eu me direcionaria a Sterne e lhe diria: "Desça do céu, ou suba até mim dos Campos Elíseos, para me inspirar em proveito dos bons cães, dos pobres cães, um canto digno de ti, sentimental farsante, farsante incomparável! Retorne cavalgando sobre esse famoso asno que te acompanha sempre na memória da posteridade; e sobretudo que esse asno não se esqueça de carregar, delicadamente suspendido entre os lábios, seu imortal *macaron*!"

Abaixo a musa acadêmica! Eu não tenho nada a fazer com essa velha banguela. Invoco a musa familiar, a citadina, a vivaz, para que ela me ajude a cantar os bons cães, os pobres cães, os cães miseráveis, aqueles lá que todo mundo rejeita, como pestíferos e piolhentos, exceto o pobre com o qual eles estão associados, e o poeta que os mira com um olhar fraterno.

Fora o cão almofadinha, esse pretensioso quadrúpede, dinamarquês, *king-charles*, *pug* ou cãozinho de colo, tão fascinado consigo mesmo que se lança indiscretamente nas pernas ou sobre os joelhos do visitante, como se ele estivesse certo de agradar, agitado como uma criança, bobo como uma *lorette*,[8] por vezes raivoso e insolente como um doméstico! Fora sobretudo essas serpentes de quatro patas, arrepiadas e desocupadas, que se nomeiam *greyhound* e que não encontram, nem mesmo no seu focinho pontudo, faro suficiente para seguir a pista de um amigo, tampouco, na sua cabeça achatada, inteligência suficiente para jogar dominó!

8. O termo *lorette* provém da igreja Notre-Dame-de-Lorette, em Paris. Na época de Baudelaire, o termo era comumente usado para designar uma classe de prostitutas que viviam naquela região. (N. T.)

Pro canil todos esses enfadonhos parasitas!

Que retornem ao seu canil sedoso e acolchoado! Eu canto o cão miserável, o cão pobre, o cão sem domicílio, o cão *flâneur*, o cão saltimbanco, o cão cujo instinto, como aquele do pobre, do boêmio e do histrião, é maravilhosamente aguilhoado pela necessidade, essa tão boa mãe, essa verdadeira patrona das inteligências!

Eu canto os cães calamitosos, sejam aqueles que erram, solitários, nas ravinas sinuosas das imensas cidades, sejam aqueles que disseram ao homem abandonado, com olhos pestanejantes e espirituais, "Me leve contigo, e de nossas duas misérias nós faremos talvez uma espécie de felicidade!".

"Aonde vão os cães?", dizia outrora Nestor Roqueplan em um imortal folhetim de que ele provavelmente se esqueceu, e do qual somente eu e, talvez, Sainte-Beuve nos lembramos até hoje.[9]

Aonde vão os cães, digam, homens pouco atentos? Eles vão cuidar dos seus negócios.

Encontro de negócios, encontro de amor. Através da bruma, através da neve, através da lama, sob a canícula mordaz, sob a chuva torrencial, eles vão, eles vêm, eles trotam, eles passam sob os carros, excitados pelas pulgas, pela paixão, pela necessidade ou pelo dever. Como nós, eles se levantaram cedo e procuram sua vida ou correm para seus prazeres.

Há os que se deitam em uma ruína do subúrbio e que vêm, a cada dia, no mesmo horário, implorar a espórtula na porta de uma cozinha do Palais-Royal; outros que correm, em bandos, mais de cinco léguas, a fim de partilhar a refeição que lhes preparou a caridade de certas virgens sexagenárias cujo coração desocupado se doou às bestas, já que os homens imbecis não as querem mais.

Outros que, como os escravos fugidos, enlouquecidos de amor, deixam por alguns dias o seu distrito para vir à cidade, saltitar durante uma hora ao redor de uma bela cadela, um pouco negligente na sua toalete, mas orgulhosa e agradecida.

E eles são todos muito precisos, sem caderninho, sem dinheiro e sem carteira.

---

9. Esse folhetim de Nestor Roqueplan foi publicado na edição de 16 de maio de 1857 de *La Presse*. Uma parte dele foi retomada pelo autor em sua obra *Parisine* (1869). (Nota do editor francês)

Vocês conhecem a preguiçosa Bélgica e admiraram, como eu, todos esses cães vigorosos atrelados à carroça do açougueiro, do leiteiro ou do padeiro, que testemunham pelos seus latidos triunfantes o prazer orgulhoso que eles experimentam ao competir com os cavalos?

Eis aqui dois que pertencem a uma ordem ainda mais civilizada. Permitam-me introduzir-lhes no quarto do saltimbanco ausente. Uma cama, em madeira pintada, sem cortinas, cobertas no chão contaminadas de percevejo, duas cadeiras de palha, uma frigideira de ferro, um ou dois instrumentos musicais escangalhados. Oh! A triste mobília! Mas reparem, eu lhes imploro, esses dois personagens inteligentes, vestidos com roupas ao mesmo tempo esfarrapadas e suntuosas, penteados como os trovadores ou militares e que inspecionam, com atenção de feiticeiros, *a obra sem nome* que está sendo cozida na frigideira aquecida e no centro da qual uma longa colher se ergue, plantada como um desses mastros aéreos que anunciam que a maçonaria chegou ao fim.

Não é então justo que tão zelosos atores não iniciem sua jornada sem ter enchido seu estômago de uma sopa potente e sólida? E vocês não perdoarão nem um pouco a sensualidade desses pobres diabos que têm de enfrentar todo dia a indiferença do público e as injustiças de um diretor que fica com a maior parte e come sozinho mais sopa do que quatro atores?

Quantas vezes eu contemplei, sorridente e enternecido, todos esses filósofos de quatro patas, escravos complacentes, submissos ou devotados, que o dicionário republicano poderia muito bem qualificar de *oficiosos*, caso a república, muito ocupada com a *felicidade* dos homens, tivesse tempo de cuidar da *hombridade* dos cães!

E quantas vezes eu pensei que talvez houvesse algum lugar (quem sabe, depois de tudo?) para recompensar tanta coragem, tanta paciência e tanto labor, um paraíso especial para os bons cães, os pobres cães, os cães miseráveis e desolados. Swedenborg bem afirma que há um para os turcos e um para os holandeses!

Os pastores de Virgílio e de Teócrito esperavam, pelo preço dos seus cantos alternados, um bom queijo, uma flauta do melhor fabricante ou uma cabra de tetas inchadas. O poeta que cantou os pobres cães recebeu por recompensa um belo colete, de uma cor ao mesmo tempo rica e pálida e que faz pensar nos sóis de outono, na beleza das mulheres maduras e nos verões da Saint-Martin.

Nenhum dos que estavam presentes na taverna da rua Villa-Hermosa esquecerá com qual petulância o pintor se despojou de seu colete em proveito do poeta, tanto compreendeu bem que ele era bom e honesto em cantar os pobres cães.

Tal um magnífico tirano italiano, do bom tempo, oferecia ao divino Aretino seja uma adaga enriquecida com pedrarias, seja um manto da corte, em troca de um precioso soneto ou de um curioso poema satírico.

E todas as vezes que o poeta veste o colete do pintor, ele é obrigado a pensar nos bons cães, nos cães filósofos, nos verões da Saint-Martin e na beleza das mulheres maduras.

Este livro foi impresso pela Paym Gráfica e Editora
em fonte Adobe Jenson Pro sobre papel Norbrite Cream 67 g/m²
para a Edipro no inverno de 2018.